文学のピースウォーク

すべては平和のために

濱野京子 作　白井裕子 絵

新日本出版社

すべては平和のために

◆おもな登場人物

平井和菜《ひらいかずな》　主人公。インターカレッジ（＝大学）入学を控《ひか》えた少女。将来《しょうらい》、国際貢献《こくさいこうけん》の仕事を志望《しぼう》。
平井堅志郎《ひらいけんしろう》　和菜の父。平安《へいあん》コーポレーション社主。
平井和也《ひらいかずや》　和菜の兄。平安コーポレーション社員。
竹中　現《たけなかげん》　堅志郎の秘書《ひしょ》。
野田勇樹《のだゆうき》　平安コーポレーション社員。運行部長。
豊田亜由良《とよだあゆら》　和菜の友人。
大石莉里子《おおいしりりこ》　和菜の友人。
村沢千夏《むらさわちなつ》　亜由良の叔母《おば》。古布《こふ》作家。
ギュアン　アイロナ共和国首相《しゅしょう》。
チュエン　アイロナ首相補佐官《ほさかん》。
ドゥメイ　チュエンの秘書。
リュゴン　アイロナ共和国マナト特別市市長。

ガロウ　マナトの市長府で働く少年。

タオ　マナトの織物工房《おりものこうぼう》で働く少女。

アムイ　マナトの招待所《しょうたいじょ》で働く女性《じょせい》。

モロフ　マナトの反アイロナ勢力《せいりょく》のリーダー。アイロナからはテロリスト指定されている。

ニラウ　マナト特別市出身の企業家《きぎょうか》。

住井美香《すみいみか》　マナト特別市を足場にしているフリージャーナリスト。

日本児童文学者協会創立70周年記念出版

弊社《へいしゃ》の理念

弊社は、世界平和の実現《じつげん》を目指し、多くの紛争《ふんそう》を解決《かいけつ》に導《みちび》いてきたグローバル企業《きぎょう》《PEACE ACTION COMPANY（通称《つうしょう》PA）》の系列《けいれつ》会社として、二十年の実績《じっせき》を有しています。

地上からあらゆる紛争をなくすことは、人類共通の願いです。弊社はPAと連携《れんけい》しながら、世界平和のために尽力《じんりょく》いたします。

弊社の主な業務《ぎょうむ》

一　紛争地へ社員を派遣《はけん》し、調停を行います。
二　紛争解決のための手段《しゅだん》として、航空機、船舶《せんぱく》などを運航いたします。
三　紛争解決のための機器類等を販売《はんばい》・貸与《たいよ》いたします。

四　紛争《ふんそう》終結後の平和創出《そうしゅつ》のために、産業振興《しんこう》、雇用促進《こようそくしん》等の援助《えんじょ》をいたします。

平安《へいあん》コーポレーション社主　平井堅志郎《ひらいけんしろう》

一

七月一日（火）。

今日から夏期休暇《きゅうか》に入った。

私《わたし》は、ＩＨＳ——インターナショナルハイスクールの同級生、亜由良《あゆら》と莉里子《りりこ》が待つ、表《おもて》参道《さんどう》のギャラリーへと急いでいた。ヒルズタウン内のギャラリーで、亜由良の叔母《おば》さんにあたる人が、古布《こふ》を使った作品の展覧会《てんらんかい》をやっているのだ。その人は、古い布《ぬの》を再利用《さいりよう》して、人形やさまざまな小物だけでなく、服なども作っている。祖母《そぼ》たちが懐《なつ》かしがるような独特《どくとく》の味わいのあるものが多いが、中には古布とは思えないぐらい、斬新《ざんしん》な作品もあって、芸術性《げいじゅつせい》を高く評価《ひょうか》されているらしい。

亜由良自慢《じまん》の叔母さんだから、これまでも話はしょっちゅう聞かされていたし、ウェブで作品を見たことはあったけれど、本物を見るのは初めてなので楽しみにしていた。それなのに、

約束の時間に三十分も遅《おく》れてしまうなんて。

表参道《おもてさんどう》は相変わらずの賑《にぎ》わいだった。人をかきわけるようにして、そのギャラリーがあるビルに入り、階段《かいだん》をかけあがる。扉《とびら》の前に、〈村沢千夏古布作品展《むらさわちなつこふさくひんてん》〉というプレートが立ててあった。

ガラスの扉を押《お》して中に入ったとたん、母と同じ年ぐらいの人と目が合う。この人が、亜由《あゆ》良《ら》の叔母《おば》さんの村沢千夏という人なのだろう。

「遅《おそ》いよ、和菜《かずな》！」

少し離《はな》れたところから声が飛んだ。莉里子《りりこ》だ。

「ごめん、ちょっと野暮用《やぼよう》があって」

本当は野暮用なんて言葉ではとてもすませられない用事だったが、それはまだ、話す気にはなれない。

ギャラリーの中は冷房《れいぼう》がよく効《き》いていて、汗《あせ》に濡《ぬ》れた襟元《えりもと》がひんやりする。私《わたし》はハンカチで汗を拭《ぬぐ》いながら、莉里子と亜由良が立つ方に歩みよった。幸いと言っていいのかわからないけれど、この時、会場にはほかの客がいなかった。

「千夏さん、こっち、平井《ひらい》和菜。我《わ》がＩＨＳ、十二年級きっての優等生《ゆうとうせい》で、語学の達人」

と亜由良《あゆら》は、私《わたし》を千夏《ちなつ》さんに紹介《しょうかい》した。

「ようこそ、平井《ひらい》さん。お話はいつも、亜由良から聞いてるわ。和菜《かずな》さんは成績優秀《せいせきゆうしゅう》な上、語学の才能《さいのう》があって、欧米《おうべい》の大学からもお誘《さそ》いがあったそうね。そして、こちらの大石莉里子《おおいしりりこ》さんは、トップアスリートだなんて。すごい方々が、お友だちになってくださっているのね」

莉里子は、陸上部のハイジャンプの選手で、高校総体《そうたい》の全国大会に出場したほどの実力の持ち主だった。

「どうせ、私は取《と》り柄《え》がないって言うんでしょう」

亜由良が少しすねたように唇《くちびる》をとがらす。

「そんなことない。イラストコンクールで、知事賞もらったのはだれ？　豊田《とよだ》亜由良は我《わ》が校一のアーティストじゃないの。きっとアート系《けい》の才能がある血筋《ちすじ》だよね。前からウェブで見て、千夏さんのお人形、素敵《すてき》だと思ってたけど、本物のすばらしさは、ウェブではわからないよね」

莉里子が、ため息混《ま》じりに言った。

「そうそう。語学なんて、だれでも時間かければできるし、それに自動翻訳《ほんやく》の進歩がめざましいこの時代、多少外国語ができたって」

と言うと、千夏《ちなつ》さんは、笑顔《えがお》で否定《ひてい》してくれた。

「そうは言っても、本当のコミュニケーションのためには、生身の人間同士が、直《じか》に語りあうのが大事でしょう。やっぱり、自動翻訳《ほんやく》には限度《げんど》があると思うの」

私《わたし》は、千夏さんの言葉が嬉《うれ》しくて、小さく頷《うなず》きながら、展示品《てんじひん》に目を向けた。

古布《こふ》だから、全体的なトーンは落ち着いていて、どこか古風。けれど古びた感じはなく、江戸《えど》や明治時代のものもあるというのが信じられないほど、モダンな柄《がら》も含《ふく》まれている。

あれがいいとか、これが好きとか言いながら見るのは楽しくはあったが、正直なところ、いつものようには、友人たちとの会話に乗れなかった。


私たちは、IHSの同級生だった。IHSは高校に相当する教育機関で、全国に二十九ある政令《せいれい》都市に各一校ずつ作られており、生徒の三分の一は外国籍《がいこくせき》だ。インターナショナルスクールは、六歳《さい》で入学するインターナショナルプライマリースクール（IPS）からインターナショナルカレッジ（IC）まで、十六年間、一貫《いっかん》教育を行う。私たちも夏期休業後は、ICに進むことになっていた。

一貫教育でキャンパスも同じ敷地内《しきちない》にあるから、一定の要件《ようけん》を満たせば、ハイスクールの生徒がカレッジの授業《じゅぎょう》を受講《じゅこう》することも可能《かのう》だし、地方にあるＩＨＳの通信講座《こうざ》を受けることもできる。私《わたし》も十一年級から、カレッジの「社会貢献《こうけん》」と「言語学」の授業《じゅぎょう》を受講《じゅこう》している。ＩＣに進んでからは、本格的《ほんかくてき》に社会貢献の勉強をするつもりだった。

ギャラリーを出た私たちは、同じ施設内《しせつない》にあるカフェに行った。

「休暇中《きゅうかちゅう》はどっか行くの？」

柚《ゆず》シャーベットをスプーンですくいながら、莉里子《りりこ》が聞いた。

「北海道。札幌《さっぽろ》のＩＣの夏期講習《こうしゅう》受ける。どうしても受けてみたい先生の講習なの。美術実習だから、こればっかりは現地《げんち》に行かないと。あ、でも、向こうに親戚《しんせき》もいるし、五日間の講習のあとは旅行する。ＩＨＳ卒業記念ってことで、北海道一周するつもり。ちょっとは涼《すず》しい思いができるかな」

亜由良《あゆら》が笑った。温暖化《おんだんか》の影響《えいきょう》で日本列島はどこも年々暑くなっているけれど、さすがに北海道は東京よりはましだろう。

「あたしは、明日から、陸上部の合宿で長野。だから、今日は、君たちと会える貴重《きちょう》な一日ってわけさ」

莉里子《りりこ》は、ＩＣでも陸上部に入ることが決まっている。

二人は、和菜《かずな》は？　という表情《ひょうじょう》で、同時に私《わたし》を見た。

「近々、海外に行くと思う」

「さすが、和菜。語学の実習？」

「ん、まあ、そんなとこかな。それより、莉里子は合宿のあとも、クラブ活動でしょう。今度いつ、二人に会えるのかな」

「私は、八月は割《わり》と暇《ひま》だよ。お盆《ぼん》以外はこっちにいる予定」

と、亜由良《あゆら》が答えた。

「あたしも、八月はこっちだし、水曜と日曜は部活も休みだよ」

「じゃあ、お盆のちょっと前にまた会って、莉里子と私とで、和菜の誕生日《たんじょうび》の前祝いをしてあげようよ。北海道で、プレゼント、みつくろってくるから」

「いいね。あたしも、長野でおみやげ買ってくる」

合宿の準備《じゅんび》があるという莉里子は先に帰ったが、私は亜由良に誘《さそ》われて、もう一軒《けん》カフェに立ちよった。一本裏道《うらみち》にある小さなカフェの窓際《まどぎわ》に席を確保《かくほ》して、外をぼんやりと眺《なが》める。場所柄《ばしょがら》か、道行く人が楽しそうに見える。

「莉里子《りりこ》、合宿の準備《じゅんび》なんて言ったけど、ほんとはデートよ、きっと」

亜由良《あゆら》が笑いながら言ったので、笑顔《えがお》で応《おう》じる。

「私《わたし》もそう思ったよ」

「和菜《かずな》も私も、女子力で負けてると思えないけどなあ。なんで莉里子にだけ、カレシがいるんだろ。あ、でも、和菜は理想が高すぎるんだよ。片っ端《かたっぱし》から、振《ふ》っちゃうんだから」

「そんなことないよ」

とは言ったものの、正直なところ、同級生の男子たちは、どうしても幼《おさな》く感じてしまう。

「和菜は、素敵《すてき》なお兄さんがいるものね。比較《ひかく》しちゃうんじゃない？」

「別に関係ないよ」

私より六歳《さい》年上の兄は、今、アメリカにいる。たしかに兄の影響《えいきょう》を受けているという自覚はあるけれど、同級生と比《くら》べてみたことなどはない。でも、こんな時、兄が日本にいてくれたらよかったのに、などとついぼんやりと考えながら、私は無意識《むいしき》にため息をついたらしい。

「ねえ、和菜、さっきから気になってたけど、何かあった？」

そうか、それが気になって、誘《さそ》ってくれたのかなと、思《おも》い至《いた》る。観察眼《かんさつがん》が鋭《するど》い亜由良には、これまでも時々はっとさせられることがあった。できることなら話してみたいけれど、やっぱりまだ本当のことは言えない。

「……ちょっとね、悩《なや》んでるんだ」

「悩んでるって、何を？」

「将来《しょうらい》のこと、かな」

違《ちが》う。本当は、今の私《わたし》の心を占《し》めているのは、一週間後のことだ。

「将来のことって、和菜《かずな》はもう進路は決めているのでしょう。何度も海外に行ってるし。去年の夏休みに、アフリカの途上国《とじょうこく》を旅行したって聞いた時は驚《おどろ》いたけど、あのあとだよね。ICを出たら、お父様の会社に入って、国際貢献《こくさいこうけん》の仕事をするって、話してくれたの」

「まあ、そのつもりなんだけどね。なんていうのか、私って、特技《とくぎ》とかないなって。才能《さいのう》のある亜由良《あゆら》が羨《うらや》ましい」

「やだ、和菜の言うセリフ？　語学は才能じゃないの？」

「違うよ。あれは、習慣《しゅうかん》。それと学習のコツみたいなのがあって、二つ目三つ目って、けっこう楽だっていうし。亜由良はイタリア語、やるつもりだっけ」

「うん。いつかイタリアに留学《りゅうがく》もしてみたい。最近、古いものに惹《ひ》かれるの」

「千夏《ちなつ》さんの影響《えいきょう》？」

「それもあるかもしれないけど、時々、日本を飛びだしたくなる。ちょっと息苦しいなって。街の外観も、風情《ふぜい》がなくなったって、叔母《おば》が言ってる。あ、やっぱ影響《えいきょう》受けてるかな。叔母は自由な人だから。大きな声じゃ言えないけど……」

と、亜由良《あゆら》が声をひそめた。

「あの叔母、高校生の頃《ころ》、デモに参加したこと、あるんですって」

「デモ？」

私《わたし》もささやくような声で問い返す。

「そう。信じられないでしょ？」

亜由良はくすっと笑った。

時おり、外国で行われたデモンストレーションのニュースが配信されるが、今の日本では、デモをする人なんていないから、私にはどんなものなのか、ピンとこなかった。

「ねえ、和菜《かずな》は、もちろん、留学《りゅうがく》は考えているんでしょ。私、和菜は海外の大学に行くんじゃないかって、思ってたもの」

「それもちょっとは考えたけど、もっと日本のことをきちんと学んでからにしようと思いなおした。留学は、二年生になってからにする。それまで、できるだけ多くの国の歴史や政治《せいじ》を学ばなくちゃ」

幸い、話題は少しずつ逸《そ》れた。というか、意図的に逸らしたのだけれど。

亜由良《あゆら》が言うように、将来《しょうらい》、国際貢献《こくさいこうけん》の仕事をするという決意は固い。けれど、それはまだ、何年も先のはずだったのだ。


メトロの駅で亜由良と別れてから、ブレスレット端末《たんまつ》を立ち上げて、「七月一日」を検索《けんさく》する。今日が、過去《かこ》にどんなことがあった日なのかを調べるためだ。今年の成人の日に、なんとなく調べてから、すっかりはまってしまって、毎日の日課になっていた。

一年間の中で、一日だけを切り取ることに、どんな意味があるのかと問われれば、返す言葉もないが、自分の生まれた日が、何かの記念日だったり、大きな事件《じけん》があったりすると、そのことを深く考えてしまうこともある。

たとえば、九月十一日――この日は、祖母《そぼ》の誕生日《たんじょうび》なのだけれど――アメリカの同時多発テロ事件《じけん》があった。私《わたし》が生まれるよりずっと前の、二〇〇一年のことだ。このことは今なお、メモリアルデーとして語《かた》り継《つ》がれている。けれど、その二十八年前の同じ日に、南米のチリで軍事クーデターがあって、合法的な選挙で選ばれた政権《せいけん》が武力《ぶりょく》で覆《くつがえ》されたのだと、ほかならぬ祖母が教えてくれた。

ブレスレットから、四インチほどの空間スクリーン・パネルが立ち上がり、七月一日に関する情報《じょうほう》が示《しめ》される。

古代オリンピックの第一回大会が開催《かいさい》。紀元前七七六年。これはもう、はるかな昔のできごと。

レクセル彗星大接近《すいせいだいせっきん》。地球に一番近づいた彗星とのこと。一七七〇年。

東海道本線全線開通。一八八九年。

第二次ノモンハン事件《じけん》。一九三九年。

保安隊《ほあんたい》、警備隊《けいびたい》が自衛隊《じえいたい》に改組。一九五四年。

このほかにも、歴史はたくさんの七月一日のできごとを記録している。有史という意味でも、何千回もあった七月一日だ。

東西に分かれていたというドイツが経済・通貨統合実施。一九九〇年の七月一日。その三か月後、東西ドイツ再統一。

一九九七年には、香港《ほんこん》がイギリスから中国に返還《へんかん》。

今世紀になってからのできごとは……。

二〇一四年。集団的自衛権行使容認《しゅうだんてきじえいけんこうしようにん》を閣議《かくぎ》決定。これは、カレッジの社会貢献《こうけん》の授業《じゅぎょう》で習った。日にちまで覚えていなかったけれど。この決定が、国の方向を変えていく布石《ふせき》の一つになったのだと、先生が言っていた。もちろん、それはICならではの授業で、IHSではこんなことは習えないし、普通《ふつう》の高校でも教わることはないだろう。

二〇二〇年。格安《かくやす》3Dプリンタが、量販店《りょうはんてん》で発売開始。合わせて、武器複製禁止法上程《ぶきふくせいきんしほうじょうてい》。

そして今年。私《わたし》、平井和菜《ひらいかずな》の十七歳《さい》の七月一日は、とても長かった。

表参道《おもてさんどう》へ行く二時間前。

私は父に呼《よ》ばれて、平安《へいあん》コーポレーションの第二会議室に向かった。生体認証《にんしょう》登録をしているので、ゲートは簡単《かんたん》に通過《つうか》できるが、入り口付近の天井《てんじょう》に設置《せっち》された小さな監視《かんし》カメラは、すべての出入りをチェックし、瞬時《しゅんじ》にデータ解析《かいせき》する。会社の重役であろうと、政府《せいふ》の要人であろうと。いつものことだとわかってはいても、自分の身体が丸ごとチェックされるような不快感《ふかいかん》が、どうしても拭《ぬぐ》えない。

会議室に向かうと、父と運行部長の野田《のだ》さん、父の秘書《ひしょ》の竹中《たけなか》さんの三人が待っていた。広いテーブルの向こうの顔は、どれも厳《きび》しい表情《ひょうじょう》をしていて、思わず私の眉《まゆ》も寄《よ》ってしまった。

竹中《たけなか》さんが、わずかに唇《くちびる》をほころばせて、軽く会釈《えしゃく》する。

「夏休みの初日だというのに、こんなところに呼《よ》び出してすまなかったな」

と父が言った。

「あの、いったい、何事ですか」

「まあ、これを読んでみなさい」

モニターに表示《ひょうじ》されていたのは、一通のメールだった。英文で書かれた文面は、さほど難《むずか》しい内容《ないよう》ではなかったので、辞書がなくても十分に内容は理解《りかい》できた。それは、南洋の島国であるアイロナ共和国内の内紛《ないふん》の調停を要請《ようせい》する書状《しょじょう》で、具体的には、アイロナからの独立《どくりつ》を企《くわだ》てたマナト特別市との調停依頼《いらい》だった。

「アイロナ共和国って、たしか、紛争地域《ふんそうちいき》ということで、外務省《がいむしょう》から渡航自粛勧告《とこうじしゅくかんこく》が出てませんでした？」

「さすが、お嬢《じょう》さん、よくご存《ぞん》じだ」

野田《のだ》さんがつぶやく。たしかに南洋に浮《う》かぶ小さな島国のことなど、ほとんどの日本人は、存在《そんざい》すら知らないだろう。ましてや、小国内の内紛なんて、ニュースサイトを熱心にチェックしている人でさえ、気に留《と》めていないはずだ。

「ここが、平安《へいあん》コーポレーションを指名して、調停依頼《いらい》を？　ＰＡを飛《と》び越《こ》えて、直接《ちょくせつ》というのも珍《めずら》しいですね」

私《わたし》の言葉に、父も頷《うなず》いた。

「そう。我々《われわれ》も少し驚《おどろ》いてはいるのだが……。引き受けるとすれば、アイロナの首都で協議することになる。それはともかく、名前を見てごらん。相手が調停員を指名してきている」

「Ｋａｚｕｎａ　Ｈｉｒａｉ？」

それは、私の名前だった。

「おそらく、ｎとｙを間違《まちが》えたのではないかと」

野田《のだ》さんが言った。ＫａｚｕｎａではなくＫａｚｕｙａ、すなわち平井和也《ひらいかずや》ならば、兄の名だった。

ＰＡのような平和創設企業《そうせつきぎょう》には、単身紛争地《ふんそうち》に乗《の》り込《こ》んで紛争を解決《かいけつ》に導《みちび》くような交渉《こうしょう》のプロがいて、調停員として、指名を受けることもあった。

兄は、米国の大学院に籍《せき》を置く傍《かたわ》ら、平安《へいあん》コーポレーションの調査員《ちょうさいん》として、紛争地に何度も足を運んでいた。まだ若《わか》いし、それほど華々《はなばな》しい実績《じっせき》があるわけではないけれど、調停の仕事でも、すでに南米を中心にいくつか成果をあげていた。その兄を名指ししてきたというのなら、ありえないことではない。

「間違《まちが》いとも言い切れないと思うのです。和菜《かずな》さんは、奥様《おくさま》とともにこれまでも海外ボランティア活動などにも携《たずさ》わっており、知名度も低くないですから」

初めて竹中《たけなか》さんが、遠慮《えんりょ》がちに口を開いた。すると、父も頷《うなず》いた。

「それについては、目下確認中《かくにんちゅう》だが、たしかに、英文の会社概要《がいよう》にもおまえや母さんの名が、非常任役員《ひじょうにん》として入っているしな」

「社長、そうだとしても、お嬢《じょう》さんは、実際《じっさい》には働いていないのですから……」

と、野田《のだ》さんが眉《まゆ》をひそめる。

「どのみち、和也《かずや》は今、ＰＡに出向中で、アメリカでの調査《ちょうさ》活動から手を離《はな》せない。依頼《いらい》を受ける場合、どうするか、だが……。もしも和菜を行かせるなら、表向きは和菜の名を出しても、しかるべき社員をつける形をとるしかなかろう。まあ、いずれ、和菜もうちで働くことになるのだから、研修《けんしゅう》のつもりで行くというのも、悪くはあるまい。和也も学生のうちから、調停作業の現場《げんば》に出向いていた。もちろん、和菜にその気があればの話だが」

「しかし、社長。アイロナ共和国ですよ。いくら戦闘《せんとう》が停止中とはいっても、マナトの中には、過激《かげき》なテログループもあるようですから。お嬢さんなのですし」

野田《のだ》さんのことばには、明らかに否定《ひてい》的なニュアンスがあった。この人には、少し保守《ほしゅ》的なところがあって、未《いま》だに男女で区別をつけたがる。国防《こくぼう》部隊の指揮官《しきかん》でさえ、女性《じょせい》が三割《わり》という時代なのに。

その時、チャイムが鳴った。モニター画面に秘書室《ひしょしつ》が映《うつ》しだされ、女性《じょせい》秘書の声が耳に届《とど》く。

「アイロナ共和国補佐官《ほさかん》からの、着信メールを表示《ひょうじ》します」

すぐに、モニター画面に短い返信メールが表示された。

――平井和菜《ひらいかずな》氏への要請《ようせい》は、マナト側の希望であり、先方はアントワープで行われた、ユネスコ主催《しゅさい》のジュニア外国語スピーチフェスティバルの映像《えいぞう》を見た上での依頼《いらい》であるとのこと。

その瞬間《しゅんかん》、私《わたし》は答えていた。

「私、行きます。アイロナに」

あの時、とっさに行くと答えてしまったものの、それが正しい選択《せんたく》だったかどうかは、わからない。実際《じっさい》、言ってしまったあとで、もっとじっくり考えるべきだったかもしれないと後悔《こうかい》した。けれど、あの映像を見られて二の足を踏《ふ》んだら、自分を裏切《うらぎ》ることになる。

十代の若者《わかもの》が、母語以外の言語でスピーチをするフェスティバルは、コンテストと違《ちが》って、優劣《ゆうれつ》を競《きそ》うものではない。しかし、国際舞台《こくさいぶたい》で働くことを夢見《ゆめみ》る若者にとっては、外国語の能《のう》力《りょく》ばかりか、自分の主張《しゅちょう》について意見表明する絶好《ぜっこう》のチャンスでもある。兄も、何年か前に、そのフェスティバルで評価《ひょうか》されたことがきっかけとなって、米国の大学院へと進む道が開けた。だからこそ、私《わたし》も兄にならってフェスティバルに参加したのだ。

私は、そのスピーチで、平和への願いと、将来《しょうらい》、国際貢献《こくさいこうけん》の仕事につきたいと語ったのだった。ゲストとして来場していた、各国の高官から声をかけられたし、自分としても手応《てごた》えを感じた大会だった。

私がアイロナに行くと言ったために、ことは速《すみ》やかに進み、竹中《たけなか》さんが同行することも決まった。そして私は、会社を出るとその足で、表参道《おもてさんどう》に向かった。このことを亜由良《あゆら》たちにも報告《ほうこく》して……。

けれど、電車で移動《いどう》しているうちに、怖《こわ》くなってきた。アイロナのこともマナトのことも、本当はよく知らないのだ。わかっているのは、マナトが、新興独立国《しんこうどくりつ》であるアイロナの反体制《はんたいせい》勢力《せいりょく》であることぐらいだった。野田《のだ》さんの、過激《かげき》なグループもある、という言葉がよみがえった。

でも、行くしかない。

私《わたし》は、友人にはだれにも告げずに赴《おもむ》くことに決めた。これは、ICの実践授業《じっせんじゅぎょう》であり、父も言ったように、平安《へいあん》コーポレーションの研修《けんしゅう》、そう位置づけることにしたのだ。

二

七月七日（月）。

私《わたし》たちが乗った高速小型飛行機は今、アイロナ国際《こくさい》空港を目指して飛んでいた。隣《となり》の座席《ざせき》には、竹中《たけなか》さんがいつもと変わらぬ穏《おだ》やかな表情《ひょうじょう》で座《すわ》っている。

あのあと、慌《あわ》ただしく日程《にってい》が決まった。私は、アイロナ共和国の首都アイロナシティで、アイロナ側とマナト側双方《そうほう》の要求を聞き、調停を行うことになったのだ。

調停自体は秘密交渉《ひみつこうしょう》だが、ほどなく、平安《へいあん》コーポレーションが調停に入ったことは知られるだろう。会社からすれば、私は成功した場合の広告塔《こうこくとう》というか、形式的な調停員で、実際《じっさい》は実務経験《じつむけいけん》も豊富《ほうふ》な竹中さんの仕事との位置づけだ。私は、まったく実績《じっせき》のない学生でしかないわけだから、まあ当然といえば当然なのだけれど、平井和菜《ひらいかずな》という名前が出る以上、世界がそのように理解《りかい》するかどうかは別問題だ。

私《わたし》は、初陣《ういじん》に臨《のぞ》む武者《むしゃ》のように気負っていた。幸いだったのは、お目付け役が竹中《たけなか》さんだったことだ。もしも、野田《のだ》さんのような人だったら、どれだけ窮屈《きゅうくつ》な思いをしたろうか。その点、竹中さんは、気心が知れている。

この日は空席も目立ち、乗客は四十人ほどだった。しかも、アイロナで下りる客は、私たちのほかには数人しかいないらしい。日本から週に一度だけ運航しているこの小型機は、釜山《ぷさん》と上海《しゃんはい》を経由《けいゆ》した後、アイロナ近隣《きんりん》の島嶼《とうしょ》国家を何か国か巡回《じゅんかい》して、上海、釜山を経《へ》て日本に引き返す。アイロナは島嶼の中では最初の経由地で、所要、十二時間。それでも、このような小型飛行機が、かなりの高速かつ省エネで飛べるほど、ここ数年の航空機技術《ぎじゅつ》の進展《しんてん》はめざましいものがある。

私たちの旅程《りょてい》は、アイロナに二泊《はく》し、九日の夜、欧州《おうしゅう》経由で帰国の途《と》につくというものだった。欧州便や北米便も、東アジア便と同じように、島嶼を巡回してそれぞれの地にもどるという運航で、どちらも週に一便だけだった。

すべてがビジネスクラスの座席《ざせき》は、ゆったりとしていた。

私は、ブレスレット形の端末《たんまつ》を立ち上げて、アイロナとマナトに関する資料《しりょう》を、再度《さいど》読むことにした。資料は、竹中さんを中心にスタッフが作成したものだ。慌《あわ》ただしい日程《にってい》の中で、私も、調停の事務処理《じむしょり》についてレクチャーを受ける一方、外務省《がいむしょう》やアイロナの在《ざい》東京名誉領《めいよりょう》事館《じかん》などに足を運び、情報収集《じょうほうしゅうしゅう》に努めた。しかし、たいした成果は得られなかった。特に、マナトについての情報が極端《きょくたん》に不足していた。

アイロナ共和国は、十年前にニキランド連邦《れんぽう》共和国から独立《どくりつ》した小国だった。大陸からおよそ四百キロほど離《はな》れた島国で、独立に際《さい》しては、PA——ピースアクションが大きな役割《やくわり》を果たしていた。それでも、独立紛争《ふんそう》では相当の犠牲者《ぎせいしゃ》を出している。この地域《ちいき》の事情《じじょう》はややこしく、もともと、ニキランド自体が、十九世紀以降《いこう》、欧州《おうしゅう》列強の植民地にされ、しかも宗主《そうしゅ》国《こく》が変更《へんこう》した経緯《けいい》があった。

ニキランド連邦共和国からの独立は、国際的《こくさいてき》に認《みと》められ、アイロナは国連にも加盟《かめい》した。しかし、ニキランドは未《いま》だに承認《しょうにん》を拒《こば》み、かつての領土《りょうど》でありながら、アイロナとの間には航路が開かれていない。日本からニキランドへの便数は少なくないが、そこを経由《けいゆ》してアイロナに入ることはできないので、結局は週に一度の島嶼巡回便《とうしょじゅんかいびん》に乗るのが、手っ取り早いということになる。

近年、日本からアイロナへの渡航《とこう》は、自粛勧告令《じしゅくかんこくれい》が出ていたため、訪《おとず》れる者はほとんどない。アイロナが独立当初は、ニキランドと取引のあった商社が活動していたようだが、国内での紛争勃発《ぼっぱつ》後は、手を引いたとのことだ。アイロナとしては、今後は観光にも力を入れていきたいというつもりのようだが、実現《じつげん》するにはまだ時間がかかりそうだ。

アイロナ共和国の首相《しゅしょう》はギュアン。建国の父であり、目下三期目で、選挙では圧倒的《あっとうてき》な支持《しじ》を得て当選。マナトに対しては、厳《きび》しい態度《たいど》で臨《のぞ》んでいたが、紛争《ふんそう》が長引いたことで支持率《しじりつ》がやや下がり、終結への道を探《さぐ》っていた。

首都のアイロナシティは、国内有数の都市で、人口の四分の一が暮《く》らしている。旧市街《きゅうしがい》に、十九世紀に列強の支配《しはい》下にあった時代の名残《なごり》をとどめる。

国家としての領土《りょうど》はアイロナ島に一致《いっち》。面積二万三千平方キロメートル、四国より少し大きい。人口百八十万人。二百四番目の国連加盟《かめい》国。国家規模《きぼ》としては、かなり小さい。気候は亜熱帯《あねったい》で雨期と乾期《かんき》がある。中央から南東部にかけては森林地帯が続く。最高峰《さいこうほう》が、標高二〇一八メートルのアイロナ山という山で、これが国名の由来《ゆらい》になっている。首都のある北側に都市が集中しており、山の反対側、すなわちマナト特別市は、近代化から取り残されている。

島の北東側の海岸は、砂浜《すなはま》が白く美しく、将来的《しょうらいてき》にはリゾート地としての開発が期待される。首都の旧市街に、前世紀初頭の欧州《おうしゅう》の面影《おもかげ》を残しているのも人気のようだ。国家としては水産業が盛《さか》んながら、山岳信仰《さんがくしんこう》を持つ人も多い。公用語は英語、アイロナ語。もっとも英語を話すのは、上層《じょうそう》階級。

マナト特別市。人口は十二万で、全体の六・七パーセント。アイロナ山の西南に位置しており、山越《やまご》えは困難《こんなん》で交通の便が悪い。海側は波の浸食《しんしょく》を受けて絶壁《ぜっぺき》となっているため港が作れず、島の海岸線沿《ぞ》いを巡《めぐ》る道路が主なルートだったが、爆撃《ばくげき》で寸断《すんだん》され、現在《げんざい》は通行に困難をきたしているとのこと。

住民のほとんどが、山地農業に従事《じゅうじ》しており、山林保存《ほぞん》を訴《うった》えている。麻《あさ》を原料とした織物《おりもの》が有名。人種的には他の地域《ちいき》と同じだが、独自《どくじ》の文化を持っていた。一説によれば、もともとアイロナにあった伝統《でんとう》文化を、辺境《へんきょう》であるマナトが保持《ほじ》しているのだという。そのため、建国前から、特別市として独自性《どくじせい》を認《みと》められている。その一方、アイロナ国内でも閉鎖的《へいさてき》な地域と見なされ、差別や侮蔑《ぶべつ》の対象ともなっている。

マナト特別市はもともと良質《りょうしつ》の大麻《たいま》が自生している。アイロナが打ち出した、大麻のプランテーション計画には反対しており、それが紛争《ふんそう》の大きな原因《げんいん》となっている。なお、マナト特別市は、英語はほとんど通じない。

自給自足的な辺境にすぎなかったマナト特別市が、アイロナに叛旗《はんき》を翻《ひるがえ》したのは、独立後《どくりつご》

六、七年経《た》ってからだった。以後、今年の春まで、断続的《だんぞくてき》に紛争が続いていた。

きっかけは、マナト特別市内に、政府《せいふ》の後押《あとお》しで、国内最大の複合企業《ふくごうきぎょう》であるMグループが、一大プランテーションを作ろうとして土地買収《ばいしゅう》を始めたことだった。世界的な大麻解禁《たいまかいきん》を受けてのことだ。それが強引《ごういん》かつ狡猾《こうかつ》なやり方だとして、抗議《こうぎ》運動が起こる。その背景《はいけい》には、地域《ちいき》に対する差別や冷遇《れいぐう》があったようだ。当初は非暴力《ひぼうりょく》の活動だったが、発砲事件《はっぽうじけん》（詳細《しょうさい》不明）をきっかけに反対勢力《せいりょく》が暴徒《ぼうと》と化し、マナトの市民が三十人逮捕《たいほ》される。腹《はら》を立てたマナトの過激《かげき》分子が、Mグループの食品加工工場を焼《や》き討《う》ち。

アイロナは犯人引《はんにんひ》き渡《わた》しを求めて、マナト第三の集落に警察隊《けいさつたい》を派遣《はけん》し、集落を封鎖《ふうさ》。マナトが反撃《はんげき》したために銃撃戦《じゅうげきせん》となるも、当初は小競《こぜ》り合《あ》いだったという。思わぬ抵抗《ていこう》を受けたアイロナだが、徐々《じょじょ》に攻撃《こうげき》を強め、一時は優勢《ゆうせい》のうちに戦闘《せんとう》終結にこぎ着けた。しかし、交渉《こうしょう》が決裂《けつれつ》し、数で劣《おと》るマナトは、モロフという軍人の呼びかけに呼応《こおう》し、アイロナに自爆《じばく》テロをしかける一方、分離独立《ぶんりどくりつ》を主張《しゅちょう》。アイロナは報復措置《ほうふくそち》で、正規軍《せいきぐん》を投入。再《ふたた》び激《はげ》しい攻撃をしかけたものの、山岳《さんがく》地帯でのゲリラ戦に引《ひ》きずり込《こ》まれて泥沼化《どろぬまか》。そして半年前から、ついにアイロナが空爆《くうばく》を開始。

モロフはテロリストとして指名手配されたが、民衆《みんしゅう》に紛《まぎ》れて捕《つか》まらない。マナトにあっては、英雄視《えいゆうし》されているらしい。モロフは謎《なぞ》の多い人物で、年齢《ねんれい》は三十代から五十代まで諸説《しょせつ》あるし、出身も、元はアイロナの軍人だったという説もあれば、生粋《きっすい》の農民説まであって、真相は不明。

アイロナ側は、モロフを敵視《てきし》している。長年の祈願《きがん》を果たして独立《どくりつ》を勝ち取り、ようやく平和になったアイロナの中に、暴力《ぼうりょく》を持《も》ち込《こ》んだのはマナトだとして、アイロナのギュアン首相《しゅしょう》は大げさな身振《みぶ》りで嘆《なげ》いてみせる。その映像《えいぞう》は、世界に配信され、理はアイロナにあり、というのが主要国の大方の見方ではあった。

それでも、マナト市長の調停要求に、アイロナが応《おう》じたのは、アイロナ側にも紛争《ふんそう》を倦《う》む人びとが増加《ぞうか》し、このままでは国家の政治《せいじ》が不安定になることを怖《おそ》れたからだ。

自動翻訳《ほんやく》サイトでアイロナ語を探《さが》してみたが、カバーしていなかった。つまり、アイロナ語を話されたら、内容《ないよう》を理解《りかい》するのは、お手上げということだ。

今回のミッションでは、足を踏《ふ》み入《い》れることはできないけれど、マナトはアイロナ島の中で、一番行ってみたい場所だった。私《わたし》を指名してきたのは、マナト側なのだ。それに、景色がとても美しいらしい。もっとも、そういうことを楽しめるのは、平時であればこそ、だろうけれど。

こんな小型の飛行機でも、空の旅はそれなりに快適《かいてき》で、機内食にはそうめんが出た。

「ああ、今日は七夕《たなばた》でしたね」

「じゃあ、この胡瓜《きゅうり》、天の川？」

箸《はし》の先で細切りの胡瓜を示しながら竹中《たけなか》さんに問うと、にっこり笑った。

「和菜《かずな》さんも今夜は願い事を唱《とな》えたらいかがでしょう」

白い麺《めん》の上に、胡瓜で川の流れを描《えが》く。機内食の小さな椀《わん》に作られた宇宙《うちゅう》。私《わたし》は何を願えばいいのだろう。調停の成功、無事の帰国……。

そうめんはなかなかおいしかった。

そういえば、まだ、今日のことを調べていないと思って、端末《たんまつ》で七月七日の過去《かこ》のできごとを探《さが》す。

アメリカ独立《どくりつ》戦争。ハバードトンの戦い。一七七七年。

ナポレオン戦争で、フランスとロシアがティルジットの和約を締結《ていけつ》。一八〇七年。

華族令制定《かぞくれいせいてい》。一八八四年。これは日本の明治時代。今はない身分。考えてみると、華族って、不思議な名称《めいしょう》だ。

ハワイのアメリカ合衆国《がっしゅうこく》への併合《へいごう》。一八九八年。

盧溝橋事件《ろこうきょうじけん》。一九三七年。

ロンドン同時爆破事件《ばくはじけん》。二〇〇五年。イギリスの首都ロンドンで、地下鉄の三か所でほぼ同時に、さらにその一時間ほど後にバスが爆破。五十六人死亡《しぼう》。

盧溝橋事件というのは、インターカレッジの授業《じゅぎょう》で習った。日中全面戦争の発端《ほったん》となった事件だ。でも、今となってはほとんど忘《わす》れられたできごとといっていいだろう。インターハイスクールでも、使う教科書は普通《ふつう》の高校と同じで、歴史の教科書には、盧溝橋の盧の字も出てこない。祖母《そぼ》にそう話したら、びっくりしていた。大切なことをどんどん教えなくなっている、と。でも、何が大切なのかは、時代によって評価《ひょうか》が変わる、と反論《はんろん》すると、祖母は、知らされなければ、重要かどうかも判断《はんだん》できないでしょ、と肩《かた》をすくめた。

二〇一九年の七月七日には、ＳＮＳ規制法《きせいほう》が国会に上程《じょうてい》。二十一世紀初めに、若者《わかもの》たちを中心に普及《ふきゅう》したＳＮＳが、情報漏洩《じょうほうろうえい》ばかりでなく、社会的事件を誘発《ゆうはつ》したとして問題視《もんだいし》される。法案は廃案《はいあん》となるも、運営《うんえい》会社が自主的規制《きせい》を強め、利用者が減少《げんしょう》。

二〇二五年。泊《とまり》原発でテロ未遂《みすい》事件。銃撃戦《じゅうげきせん》で犯人《はんにん》は死亡。詳報《しょうほう》が伝わらず、秘密保護《ひみつほご》指定されたとの憶測《おくそく》を呼ぶ。

私《わたし》は、端末《たんまつ》の時計を、アイロナの時間を表示《ひょうじ》させるようにセットしてから、スイッチを切った。欧州《おうしゅう》やアメリカ大陸ほど時差がないのが、ありがたかった。

「竹中《たけなか》さんは、アイロナは、初めてでしたっけ？」

「いえ、独立前《どくりつまえ》に、社長について訪れたことがあります」

「どんなところかしら。ネット情報《じょうほう》も少ないですね」

近年、ネットにさまざまな規制《きせい》がかかるようになって、リアルタイムの情報が、以前よりも出にくくなっているという。過去《かこ》のどうでもいいような情報はいくらでも見つかるのに。それにしても、アイロナの現況《げんきょう》に関する情報がこれほど少ないとは思わなかった。まさに、忘《わす》れられた島なのだろう。

「旧市街《きゅうしがい》の景観は、なかなかでした。しかし、長い間、政情《せいじょう》が不安定でしたからね。独立を勝ち取るまでにも、相当の犠牲者《ぎせいしゃ》を出してますし」

「宗主国《そうしゅこく》、ニキランド連邦《れんぽう》共和国、アイロナ共和国、そしてマナト……なんだかマトリョーシカ人形のよう。なんて言ったら、不謹慎《ふきんしん》かしら」

竹中さんは、わずかに唇《くちびる》を緩《ゆる》めた。大仰《おおぎょう》に感情《かんじょう》を表す人ではないけれど、いつも暖《あたた》かい目で見てくれる。

竹中さんはいくつになったのだろう。たしか父より十歳若《さいわか》いと言っていたから、今年四十五いる時期本部長と噂《うわさ》されている歳。秘書室長《ひしょしつちょう》は、いかにもてきぱきとした頭の切れそうな人で、時期本部長と噂されているのに対して、竹中《たけなか》さんは、会社に、というよりは、父に仕えているようにも見える。秘書《ひしょ》の中では最古参《さいこさん》で、私《わたし》が物心のついた時には、いつも父のそばにこの人はいた。そういえば、兄が中学生の時、初めて父母とは別に渡米《とべい》した際にも、付《つ》き添《そ》っていったのは竹中さんだったのではないだろうか。

「竹中さんのお誕生日《たんじょうび》は、いつですか」

「十月二十四日ですが」

「その日、過去《かこ》に何があったか、知ってます？」

「さあ、そういうことは、あまり考えたことがありません」

私は再《ふたた》びブレスレット端末《たんまつ》のスイッチを入れて、検索《けんさく》する。

「……一九二九年に、ニューヨーク株式《かぶしき》市場で大暴落《だいぼうらく》した日ですって。それで、やがて世界恐慌《きょうこう》が始まって……ファシズムの台頭を許《ゆる》し、第二次世界大戦へとつながっていった」

竹中さんは、ただ静かに頷《うなず》く。

「それから、一六四八年、ウェストファリア条約締結《じょうやくていけつ》」

「三十年戦争、ですか」

「ええ。今も昔も、宗教《しゅうきょう》は大きな火種というわけね」

でも、アイロナとマナトの紛争《ふんそう》は、宗教対立というわけではない。いや、自然観の違いを原《げん》因《いん》の一つとするならば、広い意味では、そうともいえるのかもしれないが。

「ウェストファリア条約《じょうやく》というのは、近代国際法《こくさいほう》の元となったと、昔、学んだ記《き》憶《おく》があります」

遠慮《えんりょ》がちに竹中さんは言った。

「ええ。……これで宗教戦争に終止符《しゅうしふ》が打たれた。同時に、国家が暴力《ぼうりょく》を独占《どくせん》し、外交権《がいこうけん》を含む国家主権《しゅけん》を持つ独立《どくりつ》した存在《そんざい》として承認《しょうにん》された。そうして、国民国家の時代が始まる……」

国家が暴力を独占――すなわち、正当な武力は国家に属《ぞく》するものになった。やがて、暴力の独占は、国連という組織《そしき》にゆだねられることになるはずだったが、国連がどれだけ紛争解決《ふんそうかいけつ》できたといえるのだろうか。どのみち今は、国連にしろ国家にしろ、公的な組織や機関が、紛争解決に乗り出す時代ではない。国家間の戦争など、起こりようがないのだから。

そう、地球上から、戦争はなくなった。

戦争とは、宣戦布告《せんせんふこく》をして、国と国とが戦うこと。そういう古典的な戦争は、二十世紀に終わったと言ってもいい。二十一世紀も半ばの今、多くの国——とりわけ先進国といわれる国——にとって、国家の主張《しゅちょう》など何ほどの意味も持たない。農業や林業なども含め、あらゆる分野にグローバル資本《しほん》が入《はい》り込《こ》み、国同士の利害対立よりは、企業間《きぎょうかん》の争いの方がはるかに大きい。そして、その競争の結果として引き起こされる紛争を調停し、終わらせるのも、ＰＡに代表される民間企業《きぎょう》なのだ。

高速小型機が徐々《じょじょ》に高度を下げる。眼下《がんか》に見えるのはまだ大海原《おおうなばら》でしかない。けれどその海がどんどん近づき、ふいに陸地が現《あらわ》れた。島の北に位置するアイロナ国際《こくさい》空港だ。飛行機はすべるように滑走路《かっそうろ》に進入し、ほどなく、ずんという軽い衝撃《しょうげき》が伝わった。無事、着陸したようだ。

こぢんまりとした空港だった。来訪者《らいほうしゃ》もわずかな上、政府《せいふ》の招請《しょうせい》だったので、入国手続きは簡単《かんたん》に終わった。

私《わたし》と竹中《たけなか》さんを迎《むか》えたのは、アイロナ国首相補佐官《しゅしょうほさかん》であるチュエン氏の秘書《ひしょ》だった。ドゥメイという名の女性《じょせい》で、きりっとした表情《ひょうじょう》の痩《や》せた人だ。黒色の縮《ちぢ》れたロングヘアをきちんと編《あ》み込《こ》んでいて、ベージュのパンツスーツという装《よそお》いだった。ドゥメイさんは、この国には珍《めずら》しい、色白の肌《はだ》の持ち主だった。

「遠いところをようこそいらっしゃいました」

と、癖《くせ》のない英語で言うと、竹中《たけなか》さんではなく、私の前にすっと手を出す。

「お出迎《でむか》えありがとうございます。こちらは……」

私《わたし》が竹中さんを紹介《しょうかい》する前に、ドゥメイさんはにっこり笑った。

「ミスター竹中のことは、存《ぞん》じ上《あ》げておりますよ。平井《ひらい》社長の懐刀《ふところがたな》として」

竹中さんは、いえいえ、という風に軽く手を振《ふ》って、笑顔《えがお》を見せる。

「交渉《こうしょう》テーブルは、中心街の議事堂そばにある迎賓館《げいひんかん》に設《もう》けました。まず、双方《そうほう》の要求を確《かく》認《にん》するとのことでしたので、チュエンとの会談は午後五時に設定《せってい》しました。いくらか時間がありますので、車窓《しゃそう》からではありますが、アイロナシティの市内をご案内がてら、迎賓館を目指したいと思います。短い時間ですが、この国のことを少しでもご理解《りかい》いただければ、嬉《うれ》しゅうございます」

今の時刻《じこく》は午後、三時半。議事堂あたりまでは、車ならば三十分足らずの距離《きょり》だという。

「マナト側とは、何時に？」

「マナト側との会談は六時、双方の要求を確認した上で、七時から第一回目の協議に入っていただくことで、いかがでしょうか」

私は頷《うなず》いた。

案内された車は、かなり古いものだった。運転手は浅黒い痩《や》せた男性《だんせい》で、ドゥメイさんは、現地語《げんちご》でその男性に指示《しじ》を出してから、英語にもどして言った。

「貴国《きこく》の中古品ですよ。十五年以上も前のハイブリッドですが、なかなか快適《かいてき》です。まだまだ国が貧《まず》しいので、閣僚《かくりょう》も多くは中古車に乗ってます。エアコンが故障《こしょう》していて、使えないことをご了承《りょうしょう》ください」

「大丈夫《だいじょうぶ》です。風がここちよくて、暑さは感じませんから」

からっとした空気が、どこかハワイを思わせる。もっとも、車窓《しゃそう》からの風景はずいぶん違《ちが》うけれど。

遠くには折り重なる山々も見えたが、島内一の平野に発展《はってん》した首都は、起伏《きふく》が少ない。欧《おう》州《しゅう》の面影《おもかげ》を残す旧市街《きゅうしがい》とはどのあたりなのだろう。

車は、私《わたし》たちに外の景色を見てください、とでもいうように、ゆっくり進んだ。道を行く車の数は多くはない。途中《とちゅう》、何台かの車が、土煙《つちけむり》をあげながら私たちの乗る車を追《お》い越《こ》していった。

「あれは、小学校です」

ドゥメイさんが言い、門にさしかかったところで、車を停《と》める。私は、車窓《しゃそう》に顔を押《お》しつけるようにして、門の中を見た。

校舎《こうしゃ》は二階建ての小さな建物で、壁《かべ》が鮮《あざ》やかな水色。新しくはあったが、お世辞《せじ》にも立派《りっぱ》な、とはいえない。それでも、鉄筋《てっきん》コンクリート造《づく》りのようだった。あまり広くはなさそうな校庭では、褐色《かっしょく》の肌《はだ》の子どもたちが、ボールを追いながら走り回っている。

「サッカーやってる」

思わず日本語でつぶやく。ドゥメイさんが、日本語を知っているとは思えないが、意味が伝わったようだ。

「サッカーは、お金があまりかかりません。野球と違って。スポーツでは、陸上、特に長距《ちょうきょ》離走《りそう》も盛《さか》んです。やはり、設備《せつび》などにさほどお金がかかりませんので」

と、にっこり笑って言った。

車が再《ふたた》び動きだし、ほどなく市街地に入った。アジアの一部の、今なお人口増加《ぞうか》が著《いちじる》しい国のように、街に入ったとたんに、人がわらわらと現《あらわ》れるという感じでもなく、市街の様子は落ち着いていた。このあたりも車は多くなく、むしろバイクの方が目につく。

市場には露店《ろてん》が並《なら》んでいた。テントを張《は》ったものもあるが、地べたに商品を並べた店も多い。どことなくのんびりとした空気がただよっているのは、気候のせいかもしれない。

いや、それでも、と、気を引《ひ》き締《し》める。ニキランドからの独立《どくりつ》までには、二万の死者を出したといわれているが、これは確認《かくにん》された数で、実際《じっさい》はもっとずっと多いという説もある。中心街への爆撃《ばくげき》は激しかったようで、十年経《た》った今も、よく目をこらして見ると、ニキランドによって空爆《くうばく》されたらしい跡《あと》も残る。

「本音を申し上げれば、慌《あわ》てて首都の体裁《ていさい》を整えた、というのが正直なところです」

またしてもドゥメイさんが、私《わたし》の意を汲《く》んだようなことを言ったので、小さく頷《うなず》く。ギュアン首相《しゅしょう》は、ようやく新国家の発展《はってん》に向けて歩もうと思っていたところに、マナトの一部過激《かげき》分子に水を差されたと嘆《なげ》いたが、それに対するマナト側の主張《しゅちょう》は、ネットなどでも見つからない。

それにしても解《げ》せない。この小さな国の、一地方都市にすぎないマナトが、なぜ、私を指名してきたのだろう。

「あの露店市のあたりが、再開発《さいかいはつ》予定地です。間もなく、商業施設《しせつ》の建設《けんせつ》の入札が行われます。あなたの国の企業《きぎょう》も参加されるはずですよ。おそらく、アイロナ初の高層《こうそう》ビルが建つことでしょう」

ドゥメイさんの言葉で我《われ》に返る。そういえば、ここ中心街には、今や世界中の都市のいたるところで目にする、高層建築群《こうそうけんちくぐん》は見当たらない。

ようやく独立《どくりつ》を勝ち取って新たな国造《くにづく》りに着手したはずのアイロナだったが、結局、内紛《ないふん》が勃発《ぼっぱつ》したために、開発どころではなくなり、国庫の負担《ふたん》を顧《かえり》みずに武器《ぶき》商人から大量の兵器を買い入れることになってしまった。けれど、争いはだれのことも幸福にはしない。それに、戦《せん》闘《とう》の一番の被害者《ひがいしゃ》というのは、さっきボールを追いかけていたような子どもたちなのだ。だからこそ、今回の調停がうまくいくようにと願わずにはいられない。

「少しお待ちください」

と、ドゥメイさんが言って車を停《と》めさせた。ドゥメイさんは外に出ると、ちゃんと屋根のついたショップスタンド――すなわち、ここではかなりましな部類の店――に向かい、ほどなくもどってきた。手には、アイスキャンディーを持っている。

「生水は飲めませんが、これは大丈夫《だいじょうぶ》です」

渡《わた》されたキャンディーは、どくどくしい色をしていた。挑発《ちょうはつ》されているのかな、という思いが一瞬《いっしゅん》よぎったが、

「ありがとうございます」

と受け取り、一つを竹中《たけなか》さんに渡《わた》す。ひんやりとした氷の塊《かたまり》が口の中で溶《と》ける。思ったよりもフルーティだった。

「おいしい。甘《あま》すぎなくて」

私《わたし》が笑顔《えがお》を向けると、竹中さんも頷《うなず》いた。

「旧市街《きゅうしがい》というのは、どのあたりなのですか?」

「現在の行政《ぎょうせい》区分からすると、アイロナシティの外《はず》れになります。今は、富裕層《ふゆうそう》の暮らす区域《くいき》になってます。明日以降《いこう》、時間が取れたらご案内いたします」

ということは、今日の目的地に行く途中《とちゅう》で、そばを通ることはなさそうだ。車窓《しゃそう》から風景を見ながら、およそ一時間のドライブの間、私たちが車の外に出ることはなかった。

市街を歩く人びとの多くは褐色《かっしょく》の肌《はだ》をしていた。ドゥメイさんのように色白の人もわずかながらいるが、いずれにしてもすらっとしていて、日本人に比べると背《せ》が高いようだ。

車から議事堂らしき建物が見えてきた。小さいけれどずっしりとした石造《づく》りの建物で、正面の門の前を通《とお》り過《す》ぎる時、制服《せいふく》の衛視《えいし》が直立不動で立っているのが見えた。

このあたりが、政治《せいじ》の中心らしく、しっかりとした建物が並《なら》んでおり、道幅《みちはば》も広くなった。

「もうすぐです」

という言葉どおり、ほどなく、車は目的地についた。

三

窓《まど》から、議事堂が見える。あたりはいわゆる官庁街《かんちょうがい》らしく、個性《こせい》のない白っぽいビル——といっても、せいぜいが四、五階で、ここにも高層建築《こうそうけんちく》は見当たらない——が目立つ。外国人などとの懇談《こんだん》に使われるというここも、迎賓館《げいひんかん》という名を持つのが嘘《うそ》のように、味も素《そ》っ気《け》もない四角いコンクリートの塊《かたまり》だ。他のビルと異《こと》なるのは、屋上がヘリポートになっていることだという。

通された部屋は、ガランとして殺風景だった。真ん中に置かれた大きな楕円形《だえんけい》のテーブルの窓に近い方に、ドゥメイさんの上司であるチュエン氏が座《すわ》っている。チュエン氏は、立て襟《えり》にボタンのついた薄手《うすで》のジャケットを着ていた。色はグレーで、日本の一部の中高生がたまに身につけている学生服というものに少し形が似《に》ていた。

なぜか冷房《れいぼう》が効《き》いていた。ぐるりと部屋を見回してから、ガラスの厚《あつ》さに気づいた。ここは、

窓《まど》を開けるわけにはいかない部屋なのだ。

チュエン氏の慇懃《いんぎん》な態度《たいど》からは、かすかだけれど私《わたし》を軽《かろ》んじているように感じられた。無理もない。こっちはまだ十代の小娘《こむすめ》なのだから。間もなく、国内での選挙権《せんきょけん》を取得できるとはいえ、まっとうな大人とは見なさない相手を責《せ》めることもできない。それでも、型どおりの挨《あい》拶《さつ》をすませて、私たちが向き合う形で座《すわ》ったあとで、チュエン氏は、

「マナトは、なぜあなたのことを知ったのでしょう」

と、丁寧《ていねい》かつフランクな口調で言った。チュエン氏の英語は聞きやすかったが、ドゥメイさんの方が上手だ、とも思った。

「どうでしょうか。ただ、マナトの事情《じじょう》は、補佐官《ほさかん》の方がはるかにご存《ぞん》じだと思いますが」

チュエン氏は快活《かいかつ》そうに声をあげて笑ったが、目は笑っていない。

「まあ、なんといっても御社《おんしゃ》は、世界に名だたるPAグループの主要企業《きぎょう》で、実績《じっせき》も確《たし》かだ。あなた自身もいずれお父上の会社を支《ささ》えるスタッフとなっていくのでしょうから、最初の仕事が三種地域《ちいき》でよかったですな。もっとも、いくら剛毅《ごうき》な平井《ひらい》氏とはいえ、大切なお嬢《じょう》さんを一種地域に送り込《おくこ》むようなまねはなさるまいが。それに我《わ》が国は、まだ紛争《ふんそう》地域の指定をはずされてはいないが、アイロナシティは安全です。ここ一年は、首都ではテロなどは一件《けん》も発生し

ておりませんから、どうぞご安心を」

　現在《げんざい》、国連では紛争地域《ふんそうちいき》を三種に分けている。第一種紛争地域は、戦闘渦中《せんとうかちゅう》。空爆《くうばく》、銃撃《じゅうげき》、誘拐《ゆうかい》等で極《きわ》めて危険度《きけんど》の高い地域。空爆などに加え、今世紀初頭から、NPOのスタッフやジャーナリストの誘拐が増加《ぞうか》している。そうした人質《ひとじち》の解放《かいほう》もPAの仕事の一端《いったん》だ。交渉《こうしょう》にあたる者の力量は、時に、PAの株価《かぶか》を左右するとさえいわれている。

　対して、第三種地域は、一応《いちおう》紛争が終結しているか、もしくは停戦中の地域。命の危険《きけん》は低い。第二種はその中間で、激《はげ》しい戦闘下ではないが、一部の過激組織《かげきそしき》による小規模《しょうきぼ》な戦闘や誘拐事件《じけん》などの発生する可能性《かのうせい》が低くない地域だ。

　なめられていると思うからか、正直なところ、チュエン氏に対してあまりいい印象が持てなかった。第一、大切なお嬢《じょう》さん、なんてこの人に言われる筋合《すじあ》いはない。私《わたし》は平井堅志郎《ひらいけんしろう》の娘《むすめ》として来ているのではない。しかし、そんなことで、不機嫌《ふきげん》な顔もできないので、黙《だま》っていると、チュエン氏がまた口を開く。

「お父上にはお世話になりましたよ。我々《われわれ》が独立《どくりつ》する際にはね。だから、こうして今、あなたと向き合って座《すわ》っているのも、縁《えん》というものでしょう」

　チュエン氏は、アイロナがニキランド連邦《れんぽう》共和国から独立する時に、PAの委託《いたく》を受けて、父が立ち合ったことを言っているのだ。そうか、あの頃《ころ》すでに竹中《たけなか》さんは父の部下だったから、それで、ここにも来たことがあったというわけだ。あとで、どれくらいここが変わったのか、聞いてみよう。

ドゥメイさんが時計をちらっと見て、軽く目配せする。チュエン氏が頷《うなず》くと、ドゥメイさんが、一枚《いちまい》のペーパーを私《わたし》の左側からテーブルに置く。それを、竹中さんにも見えるように、私は引《ひ》き寄《よ》せた。

「アイロナ政府《せいふ》のマナトへの要求は、そこに記した二点のみです。第一点。広範《こうはん》な自治をマナトに与《あた》える。第二点。モロフの引《ひ》き渡《わた》し。他の者の責任《せきにん》は問わない。かなり寛大《かんだい》なものだと思います」

「一切《いっさい》の譲歩《じょうほ》はないということですか」

暗に意味したのはモロフ氏のことだ。マナトにあって、英雄的《えいゆうてき》な存在《そんざい》であるというモロフ氏。それを差し出すことなどありえないのではないか。

「もちろんです。モロフはテロリスト以外の何者でもない」

「自治の内容《ないよう》については？」

「それは、追って協議することで、まずは完全和平にこぎ着けるのが先です。我《わ》が国とて、いつまでもこんな地域紛争《ちいきふんそう》に関《かか》わっていられるほど、余裕《よゆう》があるわけではありません。何よりも無意味な地域紛争を一日も早く終わらせたいのです。私《わたし》たちは平和を望んでいる」

チュエン氏は、地域紛争〈Regional conflict〉という言葉を、ことさらに強調した。

「大麻《たいま》プランテーションに、マナトは反対していますが、その件《けん》については？」

「具体的なことは、双方《そうほう》で話し合うことですから。大切なのは、平和の実現《じつげん》です。とにかく、まずはこれを示して、マナトからの回答を得たい。すまんが、首相《しゅしょう》から呼《よ》ばれていましてな。本日の協議は、ドゥメイが代行します。明日以降《いこう》、正式に調印する際には、もちろん、私も同席します」

言いながらチュエン氏は立ち上がった。つまり、マナト側の要求を聞いた後の最初の協議には、チュエン氏は、同席しないということだ。どうやら私は、端《はな》から相手にされていないようだ。もし、この場にいたのが別の人間だったら、たとえば兄ならば、チュエン氏はどうしただろうかと思いながら、下を向いてぎゅっと唇《くちびる》をかみしめる。

「和菜《かずな》さん」

竹中さんに名を呼ばれて、我《われ》に返った。

「チュエン氏が、対等と見なしていないのは、マナトだということです」

私《わたし》は、竹中《たけなか》さんを見つめてから、小さく頷《うなず》いた。どのみち、すぐに調印というわけにはいかないのだから、と思いなおし、感情的《かんじょうてき》になってしまった自分を恥《は》じた。

チュエン氏を戸口まで送ったドゥメイさんは、私たちのそばにもどってくると、

「間もなくマナト側の担当者《たんとうしゃ》がまいります。マナトの要求をお聞きになる際には、わたくしは席をはずしますので、終わりましたら、電話をください。その後は、わたくしがチュエンに代わって協議に臨《のぞ》みます」

と、いくぶんすまなさそうに告げた。

それから待つこと数分。マナトの人間が来たという連絡《れんらく》が入った。ドゥメイさんが指示《しじ》を出す。

「お通しして」

ほどなく現《あらわ》れたのは、綿《めん》のシャツの上にポケットがたくさんついたカーキ色のベストを着て、ボトムは黒っぽいパンツ姿《すがた》の、髪《かみ》を短く刈《か》り込《こ》んだ人だった。アイロナの人は、総《そう》じて背《せ》が高めだが、その人は、小柄《こがら》で痩《や》せていた。肌《はだ》は、日焼けしてはいるものの、この国の多くの人のような褐色《かっしょく》ではない。顔立ちは、彫《ほ》りが浅くのっぺりとして、私たち同様、モンゴロイドの

ように見えた。

ただ、痩《や》せてはいるが弱々しい感じはなかった。いったい何者なのだろうか。

「お久《ひさ》しぶりですね。ドゥメイさん」

その人はまずドゥメイさんに向かって、英語で言った。ハスキーボイスは女性《じょせい》だった。恰好《かっこう》からは性別《せいべつ》がわからなかったのだが、女の人だったのだ。そう思って見れば、たしかに肩《かた》などずいぶん華奢《きゃしゃ》だし、首も細い。

「お久しぶりです、ミカさん。まさかあなたがいらっしゃるとは思いませんでした。早速《さっそく》ですが、こちらが、平安《へいあん》コーポレーションの調停員、平井和菜《ひらいかずな》さんです。マナト側の指名ですから、ご存《ぞん》じでしょうが」

ミカ？　名前まで日本人のようだ。だが、それだけで安易《あんい》に判断《はんだん》はできない。少し首をかしげながら、私《わたし》は、

「初めまして。平井和菜です」

と、笑顔《えがお》を向けて、差し出された相手の手を握《にぎ》る。ざらっとした感触《かんしょく》。まるで、労働者のような手だ。

「初めまして。スミイミカです。マナト市長の代理人として参りました」

向き合って立つと、目線は私《わたし》よりも下にある。一見した時に感じた以上に小柄《こがら》だった。それでも、少し威圧《いあつ》されるような雰囲気《ふんいき》があった。表情《ひょうじょう》に隙《すき》がないのだ。

空いていた片手《かたて》で差し出されたのは、古風な紙の名刺《めいし》。Mika Sumii というアルファベットの下に、住井美香《すみいみか》という漢字が記され、メールアドレスのほかは、肩書《かたがき》などの記載《きさい》はなかった。

「あの、日本の方、ですか?」

「出身という意味では。国籍《こくせき》は違いますが。現在《げんざい》はマナト市長付きの臨時《りんじ》職員《しょくいん》という身分です」

美香さんは流暢《りゅうちょう》な英語で語った。

私たちは、先刻《せんこく》と同じように、向き合う形で座《すわ》った。座ると同時に、一枚《いちまい》の書状《しょじょう》を渡《わた》された。そこには、マナト特別市の市長名義《めいぎ》で、美香さんを代理人に任命《にんめい》するということが、記されてあった。

少し離《はな》れた場所に立っていたドゥメイさんが、

「では、わたくしは席をはずしますので」

と言うと、美香さんが押《お》しとどめた。

「ちょっとお待ちください」

それから美香《みか》さんは、真《ま》っ直《す》ぐ私《わたし》を見つめてから、ゆっくりとした口調で言った。

「アイロナ側にも、関わることかと思いますので。マナト側の要求といいますか、リュゴン市長のたっての願いは、平井和菜《ひらいかずな》さん、あなたご自身が、マナトを視察《しさつ》することなのです」

「えっ?」

「まず、マナトを実際《じっさい》に見ていただくこと。その上で協議したいというのが、マナト側の意向なのです」

「それは、無茶《むちゃ》というものでしょう」

思わず、ドゥメイさんの声が高くなる。

「私は、マナトの人間ではありません。あくまで、要求を伝えに来た代理人にすぎません。ただ、この要求がかなわなければ、平安《へいあん》コーポレーションに調停を依頼《いらい》することはできない、とのことです」

私と竹中《たけなか》さんは、顔を見合わせた。

「この方を、紛争地域《ふんそうちいき》に行かせるなんて、できるはずはないでしょう。いくら、リュゴン市長の名による依頼でも。そんなことをすれば、アイロナが、非難《ひなん》されかねないのですよ」

ドゥメイさんの言葉に、美香《みか》さんは冷ややかに応《おう》じた。

「調停は、あくまで、平安《へいあん》コーポレーションへの依頼《いらい》です」

「戦闘《せんとう》は完全に収《おさ》まっているんですね？」

聞いたのは、竹中《たけなか》さんだった。

「アイロナとは停戦協定が成立してますし、実際《じっさい》、ここ一か月は、マナトは平穏《へいおん》です。それに、マナト地区には他地域《たちいき》と違って、地雷原《じらいげん》もありませんし」

言葉が少し皮肉を帯びていた。地雷。それはアイロナが独立《どくりつ》戦争を戦った時期に、ニキランド連邦《れんぽう》共和国によって広範《こうはん》に撒《ま》かれたという。その除去《じょきょ》作業も、ＰＡの業務《ぎょうむ》の一つで、継続《けいぞく》的《てき》に行っているが、まだ道半《みちなか》ばというところだ。その地雷がマナトにない理由は明らかだ。良質《りょうしつ》の大麻畑《たいまばたけ》を失いたくはないからだ。

竹中さんがちらっと私《わたし》を見て、日本語でささやく。

「どうされますか」

私は竹中さんに頷《うなず》きかけてから、口を開いた。

「ルートは？　どのような手段《しゅだん》で」

「ヘリを使います。海岸沿《かいがんぞ》いの道路は、危険《きけん》な箇所《かしょ》がありますし、時間もかかります」

「何日ぐらいの滞在《たいざい》を望まれているのでしょうか」

「明日明後日と、マナト地域《ちいき》を視察《しさつ》していただいて、十日にはこちらにもどっていただきます。その際には、私《わたし》が同行いたします」

「滞在中《たいざいちゅう》の安全の保証《ほしょう》は？」

「最善《さいぜん》を尽《つ》くすということしか申し上げられません。ただ、先ほども申し上げましたように、目下、紛争《ふんそう》は収《おさ》まっていますし、少なくともマナト地域においては、調停申請中《しんせいちゅう》であることが浸透《しんとう》しております。それに、マナトが依頼《いらい》したのは平安《へいあん》コーポレーションですから。ＰＡとは違います」

美香《みか》さんは、父の会社と親会社は別という言い方をした。どういうことだろう。どちらも、世界の平和のために、秩序《ちつじょ》を守ることを目的としている会社なのに。ふと、かつてノーベル平和賞候補《こうほ》になったという平和憲法《けんぽう》のことが頭をかすめたが、それは一瞬《いっしゅん》のことだった。

「アイロナとしては、認めるわけにはいきません」

とドゥメイさんが言うと、すぐに美香さんが応《おう》じた。

「ドゥメイさん、それを決めるのは、あなたではありません」

そう。決めるのは、私だ。

「竹中《たけなか》さん、行きましょう」

「和菜《かずな》さんがそう決めたのなら」

と、竹中さんが言った。

「では、よろしいですか、ドゥメイさん」

美香《みか》さんが立ち上がりながら言った。

「おっしゃるとおり、調停者が行くというのを、妨《さまた》げることはできません。十日の帰着時刻《じこく》をあらかじめご連絡《れんらく》いただければ、最終的な折衝《せっしょう》の場をセッティングいたします」

「よろしくお願いします。それから、いささか申し上げにくいのですが……」

美香さんが、私《わたし》の方を向いて正面から見つめる。

「なんでしょうか」

「マナトにご同行願えるのは、平井《ひらい》和菜さん、お一人です。竹中氏をお連れすることはできません。それが市長の要求なのです」

「それは……無理です。和菜さんを一人で……」

と言いかけた竹中さんを、私は止めた。

「承知《しょうち》しました」

だって、行くと言ってしまったのだから。先刻《せんこく》のどこか見くだしたようなチュエン氏の顔がよみがえる。父たちの思惑《おもわく》がどうであれ、正式な調停員は私《わたし》なのだから、ここでひるむわけにはいかない。それ以上に、私を指名してきたマナト市長に会ってみたかったし、マナトという地域《ちいき》にも興味《きょうみ》があった。

私は竹中《たけなか》さんに向かって、日本語でささやく。

「大丈夫《だいじょうぶ》。私、ほんとはマナトに行ってみたいと思ったくらいだったし。竹中さんは、ここでアイロナの情報収集《じょうほうしゅうしゅう》をお願いします。それから、予定より二日遅《おく》れることになるので、欧《おう》州便《しゅうびん》をキャンセルしてください。欧州便の翌々日《よくよくじつ》に、北米便があるはずですので、そちらの手配をお願いできますか」

「……和菜《かずな》さん」

竹中さんは、眉《まゆ》を寄せて私から美香《みか》さんに視線《しせん》を移《うつ》した。

「平井《ひらい》和菜さんの安全に関しては、最善《さいぜん》を尽《つ》くします」

美香さんがきっぱりとした口調で言った。

四

夕闇《ゆうやみ》が広がる中、大地が遠ざかっていく。美香《みか》さんが、マナトから乗ってきたという小型ヘリに、今、私《わたし》は乗っている。ヘリコプターに乗ったのは初めてだった。もっとも、こんな旧《きゅう》式《しき》のヘリには、日本では乗ることができないだろう。

隣《となり》に座《すわ》った美香さんは、無表情《むひょうじょう》のまま。ヘリを操縦《そうじゅう》しているのは、浅黒い肌《はだ》の大柄《おおがら》な男性《だんせい》だ。先ほど、美香さんとしゃべっていたのは、この国の言葉らしく、私にはさっぱりわからなかった。

「灯《あか》りが少ない」

思わず、日本語が出た。

もしも日本の上空だったら、灯りがどこまでも連《つら》なっているだろう。この薄闇《うすやみ》がなんとももの悲しいような気がする。

不安だった。私《わたし》は今、だれも知る人のないところへ行こうとしている。なんで「行く」なんて言ってしまったのだろう。見栄《みえ》っ張《ぱ》りなんだから、と自分を恨《うら》みたくもなる。

この美香《みか》さんという人も、素性《すじょう》がまったくわからない。愛想《あいそ》がないというのか、むすっとしてとっつきにくい人だ。それでも、今はこの人だけが頼《たよ》りなのだ。ついさっき、出会ったばかりのこの人だけが……。竹中《たけなか》さんにいてほしかった。もっと、そう主張《しゅちょう》すればよかったのだ。

だけど、もう後戻《あともど》りはできない。これは仕事なのだ、と自分に言いきかせる。今の私は、大学入学を控《ひか》える十七歳《さい》ではなく、平安《へいあん》コーポレーションの調停員なのだ。

闇《やみ》が濃《こ》くなった。西の方はかすかな赤みを残しているが、間もなく、すべて暗闇《くらやみ》に包まれるのだろう。まるで、自分が闇の中に突進《とっしん》していくみたいだ。

ヘリの動きが変わった。ホバリングをしてからゆっくりと下降《かこう》する。どうやら、無事目的地に到着《とうちゃく》したようだ。

ヘリから外に出る前に、ぽつりと美香さんが言った。

「決めたのはあなただから」

日本語だった。わかっていることは想像《そうぞう》がついたけれど、実際《じっさい》に口にするのを聞いたのは初めてだった。

闇《やみ》の広がる大地に降り立つ。ひんやりとした空気にふれて、思わず身を震《ふる》わせた。足元がおぼつかない。自分が闇に飲み込《こ》まれてしまいそうになる。ここは、いったいどこなのだ？　私はどこにいるのだろう。

「三種とはいえ、紛争地《ふんそうち》だから、絶対《ぜったい》安全とはいえない。だから、滞在中《たいざいちゅう》、戸外では、私《わたし》のそばを離《はな》れないでください」

人声を聞いて我《われ》に返る。美香《みか》さんの言葉は、また英語にもどっていた。

「わかりました」

と、私も英語で答えたが、少し声が裏返った。

「滞在するのは、中央地区にある宿泊所《しゅくはくじょ》で、市庁舎《しちょうしゃ》の近くです。市の機関は、みな中央地区に集中しています」

美香さんが懐中電灯《かいちゅうでんとう》をつけて歩き出し、従うように私も歩をすすめる。沈黙《ちんもく》が怖《こわ》くて、美香さんの背中に向かって話しかける。

「あの、住井《すみい》さんは、こちらは長いんですか」

「三年半。もっとも、ずっとここにいるわけではありません。それから、アイロナに最初に訪れたのは、十年以上も前になります」

「どういう経緯《けいい》で、いらしたんですか」

「取材です」

「ああ、ジャーナリスト！　そうなんですね？」

「そんなご大層《たいそう》なもんじゃありません。戦場を駆《か》け回《まわ》って、写真を撮《と》って、メディアに売る。それだけのことです」

戦場ジャーナリストのことは、兄から聞いたことがある。常《つね》に危険《きけん》と隣《とな》り合わせで、時には命を失うこともある、厳《きび》しい仕事だ。日本では、紛争地《ふんそうち》にマスメディアの記者が入ることはあまりなく、多くはフリーのジャーナリストが赴《おもむ》く。企業《きぎょう》の人は、外務省《がいむしょう》の渡航自粛勧告《とこうじしゅくかんこく》になかなか抗《あらが》えないらしい。

けれど、だれかが報《ほう》じなければ、そこで何が起こっているかわからない。だから、フリーランスが行くことになる。もう何十年も、そんなことが続いている。典型的だったのは、私《わたし》が生まれるずっと前のことだが、二〇〇三年の、イラク戦争。大手メディアは、フリーの人たちの写真や映像《えいぞう》を使う。それでいて、ひとたび何かあれば——たとえば、このところますます増《ふ》えているジャーナリストやＮＰＯスタッフの誘拐《ゆうかい》など——自己責任《じこせきにん》だと叩《たた》かれるに任《まか》せる。それは今も変わらない。そんなメディアの状況《じょうきょう》に、憤《いきどお》りを見せた兄を、我《わ》が兄ながら、かっこいいと思ったものだった。あれは、たぶん、兄が今の私《わたし》ぐらいだった頃《ころ》だろう。

暗闇《くらやみ》を、美香《みか》さんの照らす懐中電灯《かいちゅうでんとう》だけを頼《たよ》りに歩いた。道は、下っているようだった。物音もしない。やがて、ぽつりぽつりと灯《あか》りが見えてきた。建物がそこにあるらしい。けれど、その輪郭《りんかく》さえ示してくれない控《ひか》えめな灯りだった。

たどりついた家は、木のにおいがした。そういえば、マナトは山岳《さんがく》地帯だったなと思い起こす。美香さんに続いて中に入った。室内の灯りも控えめだった。まさかあれは、ランプというものだろうか。電気が通じない？

ゆっくりと部屋を見回す。床《ゆか》に薄《うす》い板を敷《し》いているが、その下は土のようだった。木のテーブルと木の椅子《いす》。座《すわ》ってという美香さんの手の動きに従《したが》って、椅子に座った。硬《かた》い木の椅子だったが、思いのほか座り心地《ごこち》はよかった。迎《むか》え出た女の人に、美香さんが何事か告げる。それから私の方に顔をもどし、

「まずは、夕食にしましょう」

と言った。夕食という言葉を聞いたとたん、空腹《くうふく》を感じた。機内でそうめんを食べてからは、

ドゥメイさんにもらったアイスキャンディーを口にしただけだった。餓《う》えを自覚したとたん、嗅覚《きゅうかく》が鋭《するど》くなったのか、奥《おく》の方からただよってくるかすかなにおいを感じ取る。これは、コーンスープのにおいだ。

ほどなく、さっきの女性《じょせい》が運んできたものを見て、当たりだと思った。コーンの浮《う》いたスープにはほかにも野菜が入っている。丸い形のパンのそばに楕円形《だえんけい》のハムが添《そ》えられていた。女の人は、軽く黙礼《もくれい》をしただけで、私《わたし》が声をかける間もなく、奥《おく》へと引《ひ》っ込《こ》んでしまった。

「いただきます」

と日本語で言って軽く手を合わせてから、スプーンを取った。

「懐《なつ》かしい言葉」

美香《みか》さんが、かすかに口をほころばせる。遠い目をして。ふと、この人はどんな人生を歩んで来たのだろうか、と思った。けれど、すぐに食べ物に気を取られてしまった。

素朴《そぼく》な味。でも、一つ一つの素材《そざい》を感じる。コーンとキャベツと人参《にんじん》と……。不思議なもので、空腹《くうふく》が癒《い》やされると、いくらか気持ちが落ち着いた。

夕食を終えてからブレスレットを見る。出発する時に現地《げんち》時間に合わせた時刻《じこく》は、今、九時を少し回ったところ。

「住井《すみい》さんは、お誕生日《たんじょうび》って何日ですか？」

「一月十三日ですが、それがどうかしました？」

「その日に、過去《かこ》、何があったかご存《ぞん》じですか？」

「さあ、そういうことは考えたことありません」

「ちょっと、調べていいですか、最近、そういうこと、よく考えるんです」

と、端末《たんまつ》を見ようと操作《そうさ》したが、ネットにはつながらなかった。いぶかしげに眉《まゆ》を寄せたのを見られたようで、美香《みか》さんがいくぶんすまなそうに、けれど素《そ》っ気《け》ない口調で言った。

「ネットの類《たぐ》いは、ここではつながりません」

「えっ？」

「電波をキャッチする基地《きち》がないのです」

「じゃあ、インターネットが使えないのですか？」

「ネット情報《じょうほう》など、ここで生きていくのに、何の役にも立ちません」

「でも……」

「市庁舎《しちょうしゃ》からなら、衛星《えいせい》通信が可能《かのう》ですが」

「じゃあ、日本はおろか、竹中《たけなか》さんとも連絡《れんらく》がつかないのですか？」

「市庁舎《しちょうしゃ》なら、電話をかけることもできます」

「……それは、どこに？」

「すぐ近くですよ。歩いて一時間もかかりません」

それをすぐ近くというのだろうか。また思い切り眉《まゆ》が寄る。

「ここは、あなたが知っている世界とは、まったく別の場所です。百年前と、ほとんど景色が変わっていないのですよ。時間はゆったりと流れています。もっとも、戦闘《せんとう》さえなければ、ですが。テレビもありません」

百年前といったら、最後の世界戦争の頃《ころ》だろうか。とすれば、完全に歴史の部類だ。どうやらとんでもないところにきてしまったらしい。まさか、トイレも、前近代的な？　と思ったとたん、案じていたことを美香《みか》さんが口にした。

「このあたりの人びとの家はみな、トイレは外です。排泄《はいせつ》したものは、谷へと落ちていき、土に返ります」

「…………」

「というのは、一般《いっぱん》の家のことで、ここは、外からの客が滞在《たいざい》する場所ですので、屋内にありますよ」

ほっとする気分と不安が、入り混《ま》じったようなため息をつく。にやっと笑った美香さんを見て、なんだか試《ため》されているような気になった。それで表情《ひょうじょう》を引《ひ》き締《し》めて聞く。

「今更《いまさら》ですが、住井《すみい》さんのお立場というのは、どういうものなのでしょうか。マナトの市長の代理人とうかがってはいますが。私《わたし》がここに来たのは、市長の要請《ようせい》でしたよね……。それから、そばを離《はな》れないようにとのことですが、そのわけもお聞かせください」

美香《みか》さんの表情《ひょうじょう》がいっそう皮肉《ひにく》を帯《お》びたものになった。

「たしかに今更《いまさら》ですね。ヘリに乗る前に確認《かくにん》すべきことでしょう」

「すみません。気が動転していて」

「紛争地《ふんそうち》に足を運ぶということは、一瞬《いっしゅん》の判断《はんだん》の遅《おく》れが命取りになりますよ」

「肝《きも》に銘《めい》じます」

美香さんは、ふっと笑った。少しだけ表情から険《けん》が取れたようだった。

「素直《すなお》な人ね。その素直さは諸刃《もろは》の剣《つるぎ》かもしれない。素直で率直《そっちょく》であることは、しばしば、活路を開くものとなる。でも、隙《すき》あらば、だまし奪《うば》おうとする輩《やから》はどこにでもいる。もっともまだ十七歳《さい》でしたっけ。その頃《ころ》の私よりは、あなたはずっとしっかりしている。だから、あなたを世間知らずのお嬢《じょう》さんなんて、言うつもりはない」

少しむっとした。私《わたし》をここに連れてきた張本人《ちょうほんにん》のくせに、まるでその決断《けつだん》を非難《ひなん》されているような気がしたのだ。

「でも、そう思ってらっしゃる」

正面から見つめると、なぜか視線《しせん》を逸《そ》らされた。そして、聞こえるか聞こえないほどの小さなため息をついてから、また美香《みか》さんは口を開く。

「十七歳《さい》の女性《じょせい》が、世間知らずに生きられる幸福というのもあるのですよ。それはともかく……。私は、書面でもお見せしたように、市長リュゴン氏の代理人です。市長は現地語《げんちご》しか話されません。それから、私から離《はな》れないようにと申し上げたのは、目下調停中ということで、戦闘《せんとう》は休止してますが、すべての人間がそれを確実《かくじつ》に守るとは限《かぎ》りません。けれど、私と一緒《いっしょ》なら、あなたの安全が確保《かくほ》される確率《かくりつ》は高まる。それに、現地語のできないあなたの通訳《つうやく》もしなければなりません」

相変わらず、状況《じょうきょう》は見えなかった。ジャーナリストの元日本人女性が、なぜ、市長の代理人なのか。そもそも、リュゴンなんて名前は、日本では情報《じょうほう》が得られなかった。マナトの要人として名前があがったのは、モロフという軍人だけだったのだ。

「この地に責任《せきにん》を負っているのはモロフ氏、ではないのですね。アイロナが身柄拘束《みがらこうそく》を求めている……。マナトの英雄《えいゆう》だと聞いてましたが」

「ネット情報は、不確《ふたし》かなことが多いですよ」

「住井《すみい》さんは、モロフ氏に会ったことは？」

「ありません。私《わたし》はリュゴン市長の代理人ですから」

「そうですか」

「モロフ氏のことも、ここで直《じか》に確《たし》かめたらいいでしょう。私はあなたが物事を判断《はんだん》するに際《さい》し、予断《よだん》を与《あた》えるようなことを口にするつもりはない。リュゴン市長が求めているのは、あなた自身がマナトの現実《げんじつ》を見て、その上で、アイロナとの調停をされることですから」

「リュゴン市長というのは、どういう方なのでしょうか。いえ、美香《みか》さんにとって、ということでなく、属性《ぞくせい》というか……」

「年齢《ねんれい》は六十八歳《さい》。もともと相当の資産家《しさんか》だったと聞いてます。十年前のアイロナの独立《どくりつ》運動に際しては、金銭的《きんせんてき》に支援《しえん》しながら、非暴力《ひぼうりょく》抵抗《ていこう》を主張《しゅちょう》。独立後は、しばらく政治《せいじ》には関わりませんでした。独立前のマナト市長は、アイロナ政府とのパイプの強い人でしたが、ニキランドに追われる形で亡命《ぼうめい》しました。今は、他国で会社経営《けいえい》をしているそうです。その後継者《こうけいしゃ》が独立時の市長でしたが、三年前に急死しました。その時、貧《まず》しい者や孤児《こじ》たちの支援活動をしていたリュゴン氏が、市民に押《お》し上げられるようにして市長に就任《しゅうにん》しました。ですから、リュゴン市長は、アイロナ共和国のマナト市長としては、二代目ということになります。そして、マナト自立の精神的《せいしんてき》支柱《しちゅう》でもあります」

「いつ、会えますか」

「日程《にってい》については、調整して、明日にはお知らせします」

寝室《しんしつ》は、個室《こしつ》ではあったが、中扉《なかとびら》で美香《みか》さんが寝《ね》泊《と》まりする部屋とつながっている。私《わたし》にあてがわれたのは、もちろん奥《おく》の部屋だった。調度はベッドに机《つくえ》、椅子《いす》。丈《たけ》の低いチェスト。その上に、なんとタイプライターがあった。電動でさえない。完全な骨董品《こっとうひん》だ。ペーパーが挟《はさ》んである。チェストの引き出しを開けてみたら、何枚《なんまい》かの紙と、紺色《こんいろ》のカーボン紙が入っていた。カーボン紙というものの実物を見たのは、初めてだった。試みにタイプのキーを押《お》してみたら、元気よくはねあがったので、慌《あわ》てて途中《とちゅう》で手を止める。

シャワー、トイレは隣室《りんしつ》との共用だった。美香さんから、先に使うように言われて、浴室に向かった。

ついたての外から、

「水しか出ませんが」

と言われたのは、服を脱《ぬ》いだあとだった。いいかげんに体を洗《あら》ったあと（髪《かみ》は洗わなかった）、外に出ると、温かいコーヒーが入れてあった。美香《みか》さんは、タブレット端末《たんまつ》のようなものに向かって、何か文字を打《う》ち込《こ》んでいた。

「よかったら、飲んで。眠《ねむ》れなくなるならすすめないけれど、私《わたし》はこれだけは止められないのです。飲まないと眠れない」

「いただきます」

インスタントだけれど、飲《の》み慣《な》れた味。日本で販売《はんばい》されているコーヒーの味がした。

眠れなかったのは、コーヒーのせいではない。静かすぎるからだ。ガラス窓《まど》に顔を押《お》しつけて外を見ると、闇《やみ》の濃《こ》さが怖《こわ》いぐらいだった。何も見えないのだ。

なんという一日だったんだろう。アイロナを目指して飛行機に乗ったのが、遠い昔のように感じる。心細くてしかたがなかった。竹中《たけなか》さん、どうしているだろう。父も母も、まさか、私がこんなところを一人で訪れているとは思いもよらないだろう。八月にはまた会おう、と約束した亜由良《あゆら》や莉里子《りりこ》は、今頃《いまごろ》何をしているのだろうか。

寝床《ねどこ》に入ってから、何度も寝返りを打った。それにしても、ネットがつながらない世界なんて、想定外もいいところだ。この状況下《じょうきょうか》では、だれも頼《たよ》れない。父や兄に指示《しじ》を仰《あお》ぐこともできない。私《わたし》が自分で判断《はんだん》しなければならない。でも、そんなことができるのだろうか。竹中さんが一緒《いっしょ》だったら、という思いがまた頭をよぎる。

けれど、働き始めたら、泣き言なんて言ってはいられない。もっともっと過酷《かこく》な現場《げんば》に行くことは、これからだって、いくらでもあるはずだ。しっかりしなくては……。

薄《うす》い壁《かべ》の向こうから、かすかな寝息《ねいき》が聞こえる。再《ふたた》び、食事の前に頭をかすめた疑問《ぎもん》がよみがえる。どんな人なんだろう、どんな風に生きてきたのだろう。戦場ジャーナリスト。住井美香《すみいみか》。検索《けんさく》もできないことがいらだたしい。ネットにつながりさえすれば、この小さなブレスレットが、あっという間に何かを教えてくれるだろうに。

修羅場《しゅらば》をくぐりぬけてきたのだろうか。でも、修羅場って？　破壊《はかい》された建物やけが人や死者。私はまだ、何もこの目で見たことはない。ここ、マナトでも、戦闘《せんとう》はあった。明日、私は戦場跡《せんじょうあと》を目《ま》の当《あ》たりにするのだろうか。

それより何より、私にここを見ることを望んだリュゴン氏の意図はなんだったのだろう。その時、急に思い出した。スピーチフェスティバルを見たと、そう言われたのではなかったか。私は、何か期待されているのだろうか。

五

七月八日（火）。

窓《まど》から射《さ》し込《こ》む光に起こされた。ベッドから下りて窓を見る。思わず、目を見張《みは》った。緑に覆《おお》われた大地。だんだん畑のところどころに樹木《じゅもく》の繁《しげ》みがあって、青々とした夏の葉を茂《しげ》らせている。そしてその先に望む山々の連《つら》なり。わけても、ひときわ高くそびえるのがアイロナ山にちがいない。比較的温暖《ひかくてきおんだん》なこの島国にあっても、山頂《さんちょう》付近は、雪が降《ふ》ることもあるという。

思い切り窓を開けてみた。一気に聞こえてきた鳥のさえずりが耳に痛《いた》いほどだった。涼《すず》しいというほどではないけれど、空気がさらっとして、かすかに寄せる風が心地《ここち》いい。張《は》り詰《つ》めた気持ちが少し和《やわ》らぐ。緑の野山に癒《い》やされる。

田舎《いなか》びた場所を楽天地だとか、ユートピアだという風にとらえるのは間違っているとは思う。けれど、慌《あわ》ただしい都会の喧噪《けんそう》に満ちた暮《く》らしと、どちらが人間らしいかといえば、答えは明

らかだ。

違《ちが》う。と首を振《ふ》る。ここは紛争地《ふんそうち》だったのだ。つい最近まで、実際《じっさい》に戦闘《せんとう》が行われていた場所なのだ。この小さな窓《まど》からは、のどかな山村風景しか見えないけれど、これから私《わたし》は、何を見せられるのか。何を見なければいけないのか。

気を引《ひ》き締《し》めるように、頬《ほお》を叩《たた》いてから、窓を閉《し》めて服を着替《きか》えた。それから、軽くノックして、隣《となり》の部屋に入る。

美香《みか》さんはすでに起きて身支度《みじたく》をすませていた。昨日と同じシャツとベストに細身のパンツ。歩きやすそうなブーツを履《は》いている。昨日は足元にまで目がいってなかったことに気づいた。

「おはようございます」

ほぼ同時に声が出て、ほんの少しだけ笑《え》みを交《か》わし合う。

「洗面《せんめん》、どうぞ。私はすませてますから」

さっと顔を洗《あら》う。トイレとシャワーを合わせた小さな洗面室には鏡がなかった。私はその狭《せま》い一室で、ブレスレットのスイッチを入れる。ネットはもちろんつながらないが、記録はできる。

——七月八日、天気晴。在《ざい》マナト特別市。

表示の文字を確認《かくにん》してからスイッチを切る。今日は、何があった日か、調べることができないことを残念に思う。

食堂に移動《いどう》して、朝食をいただく。昨日、夕食を出してくれた女性《じょせい》が、今日もパンとスープを運んでくれた。朝の光の中で見ると、昨日の印象よりはずいぶん若《わか》い人だった。声をかけてみたかったけれど、美香《みか》さんはずっと現地語《げんちご》で話している。英語は話さないのかもしれない。

少しして、美香さんが私《わたし》に向かって言った。

「こちらは、アムイさんといって、滞在中《たいざいちゅう》のお世話をお願いしています。あなたのことは、簡単《かんたん》に説明してありますから」

「よろしくお願いします、アムイさん。私は平井和菜《ひらいかずな》です」

相手は少しはにかんだような笑顔《えがお》を見せて、たどたどしい英語で言った。

「なんでも、言ってください。遠慮《えんりょ》、しないで」

少しは言葉が通じるようだ。

朝食のあと、トレイを持って厨房《ちゅうぼう》に運んだ。

「アムイさん、ごちそうさまでした」

「あ、すみません」

「あの、アムイさんは、リュゴン市長を知っているのですか？」

なるべくゆっくりとした英語で聞いた。

「はい。知ってます」

アムイさんの口元がほころぶ。その表情《ひょうじょう》から、リュゴン市長への信頼感《しんらいかん》がうかがわれた。

「モロフ氏のことは？」

アムイさんは、首を横に振《ふ》った。

「会ったこと、ない？」

「はい。モロフ氏、風みたいな人」

意味するところは、神出鬼没《しんしゅつきぼつ》ということだろう。だからこそ、アイロナはなんとしても、モロフを押《お》さえたいのだろうか。


外に出たとたん、強烈《きょうれつ》な日差しに照りつけられた。

「帽子《ぼうし》は？」

と聞かれ、バッグから、折りたたみの帽子を取りだして見せてからかぶる。美香《みか》さんは、ベストとよく似た色のキャップをかぶっていた。

「日焼け止めは適当《てきとう》に塗《ぬ》ってください。東京よりはずっと日差しが強いですから。私《わたし》はもう気にしなくなっているけれど」

淡々《たんたん》とした口調で言うと、美香《みか》さんは歩きだした。そのあとについて道を上る。道の周囲は木々に覆《おお》われて、ここが島だということが信じられないくらいだ。

改めて見ると、昨日は暗闇《くらやみ》の中、ずいぶん足元の悪いところを歩いてきたのだと思った。躓《つまず》くこともなかったのは、美香さんの誘導《ゆうどう》がよかったのだろう。

唯一《ゆいいつ》、ネットが使えるという庁舎《ちょうしゃ》は、宿泊所《しゅくはくじょ》から、山道を四十分ほど下ったところにあるという。道の途中《とちゅう》で、ヘリポートが見えた。昨日、乗ってきたヘリがぽつんと止まっていた。

ヘリポートの先は、平らな土地が広がっていて、そこには多くの建物が連《つら》なっていた。石造《いしづく》りの比較的《ひかくてき》しっかりした建物もあるが、マナトは森林資源《しげん》に恵《めぐ》まれているためか、木造建築《もくぞうけんちく》が多かった。中には、掘《ほ》っ立《た》て小屋《ごや》に近いような小さな建物もある。雑然《ざつぜん》としてまとまりがないが、どうやらこのあたりが中央地区といわれる場所らしい。

人通りは決して多くなかったが、たまに見かける人はだれも、浅黒い肌《はだ》をしている。風貌《ふうぼう》は、アイロナの人とは、区別がつきそうにない。ただ、着ているものなどに違いがみられた。マナトの衣装《いしょう》の方が、ゆったりとして色彩《しきさい》がいくぶん鮮《あざ》やかな気がする。

美香《みか》さんに、

「ハロー」

と声をかける人もいるが、黙《だま》ってやり過《す》ごす人もいる。一度だけ、自動車を見た。といっても、小型のトラックで古いタイプの車のようだった。

「マナトとアイロナシティを結ぶ道路は、この近くまで通じているんですか?」

「海岸線沿《かいがんせんぞ》いの道路から分かれた道があります。車がすれ違《ちが》うのがやっとですが。とはいえ、今は、海岸線の道が非常《ひじょう》に通りづらくなってますので、ほぼ孤立状態《こりつじょうたい》です」

「では、物資《ぶっし》の輸送《ゆそう》などは?」

と問うと、一瞬《いっしゅん》、美香さんの表情《ひょうじょう》が固まった。何かおかしなことを言ったのだろうか。

「マナト特別市は、基本的《きほんてき》に自給自足です」

今度は、私《わたし》の方がきょとんとした。日本だったら、相当の山奥《やまおく》でも、物資は流通しているものなのに。

やがて、目指す場所が見えてきた。三階建ての石造《いしづく》りの建物は、いくつかの集会室や、百人ぐらいは入れそうな講義室《こうぎしつ》を備《そな》えた市民センターほどの大きさしかなさそうだった。それでも、門があって入り口はいかめしく、一般《いっぱん》の住居《じゅうきょ》に比《くら》べれば格段《かくだん》に大きく、頑丈《がんじょう》そうではあった。

門の中に入ったとたん、思わず足を止めた。そして、不安になって美香《みか》さんの方を見る。一階の角部屋の窓《まど》ガラスが、ほとんど割《わ》れていたのだ。壁《かべ》も少し崩《くず》れていた。

「一か月前に、手榴弾《しゅりゅうだん》を投《な》げ込《こ》まれた跡《あと》です。古い型のものだったそうです。何十年も前の武器《ぶき》が、未《いま》だに使われるのが、いわゆる発展途上国《はってんとじょうこく》の現実《げんじつ》です」

美香さんが淡々《たんたん》とした口調で言った。

「一か月前って、停戦合意ができていたのでは？」

「末端《まったん》まで届《とど》くには時間がかかった、ということになっています。幸い、死傷者《ししょうしゃ》は出ませんでした。まあ、いずれにしろ、中央地区では、戦闘《せんとう》らしい戦闘は行われていません。それにこれは、アイロナの者の仕業《しわざ》ではあるけれど、軍の攻撃《こうげき》というわけではありません。確《たし》かなのは、アイロナには、停戦が気に入らない者もいるということです」

私《わたし》は内心の動揺《どうよう》を隠《かく》すように、おもむろに頷《うなず》く。見透《みす》かされているな、とは思ったけれど。

日本でもテロ事件《じけん》がないわけではない。集団的自衛権容認以降《しゅうだんてきじえいけんようにんいこう》、国際的《こくさいてき》なテロ組織《そしき》に狙《ねら》われる可能性《かのうせい》は高まっている。政治《せいじ》とは無関係の殺人事件《じけん》だってある。それでも、テロや殺人事件に遭遇《そうぐう》することは、現実《げんじつ》にはめったにないし、むろん私は、これまでの人生で、身の危険《きけん》を感じるような経験《けいけん》をしたこともない。相対的には日本は安全な先進国であり、そこで暮らす私《わたし》は、ぬるま湯の中で生きてきたということなのだろう。

入り口に門衛《もんえい》が立っていた。その姿《すがた》に、思わず息を呑《の》みそうになるのをなんとかこらえた。着ているものは、日本の警備《けいび》会社の制服《せいふく》よりもずっと粗末《そまつ》な布《ぬの》のシャツとズボン。けれどシャツの上には、防弾《ぼうだん》チョッキのようなものを着ているし、腕《うで》にはしっかりと銃《じゅう》を握《にぎ》っている。本物、なのだろう。銃のことなんて、まるでわからないけれど。

――和菜《かずな》も、いずれは武器《ぶき》のことも勉強しておかないとな。

何か月か前に、兄に言われたことを急に思い出した。あの時は、どれだけいいかげんに聞いていたことか。国際貢献《こくさいこうけん》の仕事をするには、それもまた避《さ》けて通れないことなのかもしれない。日本はまだ平和だ。日本国内にいる限《かぎ》りは。

美香《みか》さんが現地語《げんちご》で門衛に何かを言い、私たちは建物の中に入る。ロビーがあって、左手のカウンター内に男性《だんせい》がいた。そこが受付らしい。セキュリティチェックめいたものはなさそうだった。ただ、受付の男性も、防弾チョッキを身につけていた。それに比《くら》べると、美香さんの服が軽装《けいそう》すぎるような気がする。もっとも、私の服装《ふくそう》ときたら、それ以下ということになるけれど。でも、もしかしたら、美香さんは、あのベストの中に武器を、たとえば短銃《たんじゅう》なんかを、隠《かく》していたりするのだろうか。

やがて、バタバタと足音をたてて、ひょろっとした若《わか》い男がやってきた。

「美香《みか》さん！　お待ちしてましたよ。その人なんですね、長老が呼《よ》んだのは」

言葉は英語だった。癖《くせ》はあったが、アムイさんよりはだいぶ流暢《りゅうちょう》だった。浅黒い肌《はだ》で髪《かみ》は短い。引《ひ》き締《し》まったなかなかいい表情《ひょうじょう》をしているが、まだ若そうだ。私《わたし》と同世代かもしれない。

「平安《へいあん》コーポレーションの、平井和菜《ひらいかずな》さんよ」

と言ってから、美香さんは、私の方に目を転じて言葉を継《つ》ぐ。

「こちらは、ガロウ君。ここの職員《しょくいん》です。英語を熱心に学んでいて、本人の希望もあって、視察《しさつ》に同行しますので、何かあれば、彼《かれ》に申しつけてください」

「初めまして、和菜さん」

「初めまして、ガロウさん。平安コーポレーションの調停員として参りました、平井和菜です。お世話になります」

「おお、さすがにきれいだなあ、発音が。美香さんより、英語うまいです」

美香さんは、苦笑《くしょう》混《ま》じりの顔で、

「少し待っていてください。予定を確認《かくにん》してきますので」

と言うと、そのまま奥《おく》の方に消えた。

「和菜《かずな》さんは、何歳《なんさい》ですか」

「あなたは？」

「ぼくは、十六歳です」

「私《わたし》の方が二つ上ね。一か月後が誕生日《たんじょうび》だから」

「ああ。十八歳になるんですね。もう立派《りっぱ》な大人です」

立派な大人といっていいのかはわからないが、昔、二十歳《はたち》からだったという選挙権《せんきょけん》は、私が生まれる前に十八歳に変わったので、次の選挙から私も投票できることになる。もっとも、それをもってして、大人だとは言いがたい。生活は親がかりだし、何よりも、まだ自分が大人だとは思えない。けれども、ここの人たちは違《ちが》うのだろう。このガロウ君にしても、市の職員《しょくいん》だというからには、自立しているわけだ。世界には、十代で自ら働く人、一家の生活を支《ささ》えている人などいくらでもいる。のうのうと学べる自分は幸せなのだろう。世間知らずでいられる幸せというう、昨日の美香《みか》さんの言葉がよみがえる。

「あますところなく、ここを見てほしいです。知ってほしいです。私たちのマナトを」

「そのつもりです。だから、ここに来ました」

本当はわからない。なぜ、自分がここにいるのか。本来の予定にはなかったことだ。果たして、調停員として正しい判断《はんだん》だったのだろうか。それでも、今、自分にできることは、ここをしっかり見ることだ。そして、市長が、何の社会経験《けいけん》もない私《わたし》を、どうしてここに来させたのかを知りたい、と思った。

「でも、外の人を嫌《きら》う人もいる」

「マナトに、ですか」

「そう。外の人は敵《てき》です。長い間、ずっと、私たちは外の人に苦しめられてきたから」

「苦しめてきたのは、アイロナではないのですか？」

ガロウ君は、首を横に振《ふ》った。

「長老……リュゴン市長のことですが、ニキランド連邦《れんぽう》共和国からの独立《どくりつ》運動の際《さい》、アイロナ軍の中枢《ちゅうすう》にいた人でした」

「えっ？」

そんなことは、美香《みか》さんから聞いてないし、ネット情報《じょうほう》にあがっていなかった。そもそも、ネットでは日本語での検索《けんさく》でも、モロフ氏の名はそれなりに見つかったが、マナト市長の名は検索されなかったのだ。アイロナの人たちからも、リュゴン氏の人となりについては、まったく語られなかった。

「でも、長老は非暴力主義者《ひぼうりょくしゅぎしゃ》ですから、銃《じゅう》を取って戦ってません。アイロナのガンジーと言われたことがあるらしいです」

アイロナとマナトの対立は、そう単純《たんじゅん》なことではないのかもしれないと思っているところに、美香《みか》さんがもどってきた。

「申し訳《もうしわけ》ありません。まだ市長の日程《にってい》を調整中で。午後には明らかになるそうです。今日はこれから、コラプ地区に行きます。市長がぜひ、見てきてほしいとのことですので」

「コラプ地区?」

「市内で一番大きな集落です。このあたりが、行政《ぎょうせい》の中心とすれば、コラプは、商業の町です。といっても、新宿《しんじゅく》や渋谷《しぶや》のような場所を思《おも》い浮《う》かべられては困《こま》ります。せいぜいが田舎《いなか》の商店街、ちゃんとした店舗《てんぽ》のない店もたくさんあります。露店《ろてん》やテント張りの店が多く、大がかりな縁日《えんにち》、といった方が近いかもしれません。マナトは、そのほとんどが山岳地域《さんがくちいき》ですが、ところどころに、小規模《しょうきぼ》の盆地《ぼんち》があります。ここもその一つですが、コラプは一番規模が大きい集落です。人口もここより多く、一年前の調査《ちょうさ》ですが、約八千人という規模でした。そこに行くということで、よろしいでしょうか」

「八千人とは、山岳地域《さんがくちいき》とすれば、かなり大きな町ですね。もちろん、行きます」

「一つ峠《とうげ》を越《こ》すために、五キロほど山道を上り下りすることになりますが、大丈夫《だいじょうぶ》ですか」

五キロの道などどうということもないと思った。去年は北海道で三十キロハイクもこなしている。陸上部の莉里子《りりこ》ほどの体力はないけれど、インターナショナルハイスクールでも持久《じきゅう》走《そう》では上位に入っていたし、苦手意識《いしき》もなかった。

「大丈夫です。あの、接待《せったい》のようなことは必要ありませんので」

と、一応断《いちおうことわ》りを入れる。調停の現場《げんば》で、何らかの饗応《きょうおう》を受けることは避けられない現実《げんじつ》だ。無下《むげ》に拒否《きょひ》するものでないと言われたけれど、私《わたし》は、ニュートラルでいることを己《おのれ》に課したいと思っていた。

ところが、美香《みか》さんは冷淡《れいたん》を通《とお》り越《こ》した皮肉《ひにく》な表情《ひょうじょう》を浮かべて、鼻で笑った。

「接待？　この地のどこにそれだけの余裕《よゆう》があると思うのです？」

さすがにちょっとむっとした。けれど、反論《はんろん》はできない。私はここの何も知らない。

しらけた思いを残したまま、私たちは出発した。歩くしかない場所だ。山道は急峻《きゅうしゅん》というほどではない。だんだん畑に植えられている麦や野菜。昔の棚田《たなだ》を思わせるのどかな風景だった。

すぐに汗《あせ》ばんできた。けれど、樹木《じゅもく》の緑が鮮《あざ》やかで、絶《た》えず鳥のさえずりが聞こえる。気持ちよかった。

景色は美しく、樹木の生《お》い茂《しげ》った森林の中も、ジャングルというイメージからは遠い。まるで、日本の山のようだった。ガロウ君が、時おり、足元に咲《さ》く花の名や鳥の声の主を教えてくれた。その都度、私《わたし》は現地語《げんちご》も聞いた。美香《みか》さんは、私たちの会話に加わろうとはしなかった。

道は上ったり下りたりを繰《く》り返《かえ》す。少し息があがってきた。若《わか》いガロウ君はともかく、美香さんの健脚《けんきゃく》には驚《おどろ》かされる。上り道では、つい距離《きょり》が空く。私よりは多くの荷物を持っているというのに。いくらカメラが小型化されたとはいっても、望遠レンズや三脚《さんきゃく》まで持ち歩くのだから、荷物は相当の重量になるだろう。美香さんは、時おり、カメラを向ける。それが可《か》憐《れん》な花だったりする。その撮影《さつえい》の間に、なんとか追いつくというありさまだった。

私の口数は徐々《じょじょ》に少なくなっていった。急勾配《きゅうこうばい》ではなくとも、道が日本の山のように整備《せいび》されていないから、しょっちゅう枝や切り株《かぶ》や、道から突《つ》き出た石に躓《つまず》きそうになるのだ。中央地区との行き来は、こんな山道しかないのだろうか。

ふいに目の前が開けた場所に出た。

「ここがコラプ地区です」

あくまで淡々《たんたん》とした美香《みか》さんの言葉。けれど、私《わたし》はその光景を見て、茫然《ぼうぜん》と立ちつくす以外、何もできなかった。

ここは、集落ではない。集落だったところ、ではないか。

「ひどい……」

思わずつぶやいてから、口を両手で覆《おお》う。その手が震《ふる》えた。今、私が見ているのは、現実《げんじつ》なのだろうか。

道沿《みちぞ》いに並ぶ石造《いしづく》りの家は、建物の上の方が壊《こわ》れ、窓《まど》ガラスが割《わ》れ、壁《かべ》には亀裂《きれつ》が走っていた。それでも石の建物はまだかろうじて外壁《がいへき》を留《とど》めているものもあった。木造《もくぞう》の家は木っ端《こっぱ》みじんに吹《ふ》き飛《と》ばされ、焼《や》け焦《こ》げていた。まるで、竜巻《たつまき》と火事が一度に襲《おそ》ったあとのようだった。どこまでも連《つら》なる瓦礫《がれき》。ずいぶん前に見た、大津波《おおつなみ》の映像《えいぞう》を連想する。むろん、ここには船がビルの上に乗り上げるようなシュールさはないけれど、わずかな時間で、暮《く》らしが徹底的《てっていてき》に破壊《はかい》されたという点では同じだ。

ただ、自然災害《さいがい》との決定的な差は、そこかしこに爆発物《ばくはつぶつ》が使われた痕跡《こんせき》がしっかり残っていることだった。爆撃《ばくげき》され破壊された家は、すり鉢状《ばちじょう》にえぐれ、道のところどころにも大きな穴《あな》が空いている。瓦礫の中に固まって混《ま》じる食料品や雑貨《ざっか》が、かろうじてここが商業地であったことを語っているようだった。

道の両側からはみ出している崩《くず》れた壁石をよけるように、バイクが通っていき、土埃《つちぼこり》をあげる。細かい石が混《ま》じったような土のにおいを感じて、咳《せ》き込《こ》みたくなった。黙《だま》ったまま、美香《みか》さんとガロウ君について歩く。一瞬《いっしゅん》、足がもつれそうになる。見たくなかった。それでも歯をくいしばって、落ちてしまいがちの視線を上げる。

「三か月前に、アイロナ軍の爆撃《ばくげき》を受けました」

美香《みか》さんがまた淡々《たんたん》と語る。爆撃は空から行われたのだろうか。三か月前といえば、調停中《しん》請《せい》の直前のはずだ。あるいは、この爆撃で調停を依頼《いらい》するしかなくなったのかもしれない。

瓦礫《がれき》の前にしゃがみこんで、ピンク色のものに手を伸《の》ばす。すっかり汚《よご》れて傷《いた》んだ布《ぬの》の人形だった。この人形の持ち主は、今、どうしているのだろうか。

美香さんは、冷ややかな一瞥《いちべつ》をくれて、

「ここは、紛争地《ふんそうち》です。ほんの少し前は、日常的《にちじょうてき》に兵でもなんでもない人が死んでいました。もちろん、子どもも。一番激《はげ》しかった三か月前の爆撃では、その日だけで、百五十人以上の死者を出し、中心街の二〇パーセントの建物が全壊《ぜんかい》しました」

と、言った。

「まあ、そうはいっても……」

美香《みか》さんは声のトーンを落とした。

「三か月経《た》っても、いっこうに片《かた》づかない。人手も不足している。ここの様子が、世界に伝えられることは、ほとんどなかった。当然、アイロナは犠牲《ぎせい》を隠《かく》そうとする。他国の人びとは、アイロナとの小規模《しょうきぼ》な内紛《ないふん》としか思っていないでしょう」

ふっと重たい息を吐《は》くのが聞こえた。目に涙《なみだ》がにじむのをこらえる。私《わたし》は視察《しさつ》に来ているのだ。冷静にならなければ……。

「写真を、撮《と》ってもいいでしょうか」

おずおずと聞く。大丈夫《だいじょうぶ》ですよ、と答えてくれたのは、ガロウ君だった。ブレスレット端《たん》末《まつ》についているカメラで、何枚《なんまい》かの写真を撮る。目を向けるのが辛《つら》い。

けれど、それさえもがまだ序《じょ》の口《くち》だった。

廃墟《はいきょ》のような建物の近辺に、いくつものテントが広がっていた。家を失った人びとがそこで暮《く》らしているようだった。私たちが歩いていると、うろんな目を向ける。死んだような目。多くの人はシャツにズボンという、質素《しっそ》な装《よそお》いでいるが、幼《おさな》い少女だけが、原色のワンピースを纏《まと》っている。その鮮《あざ》やかな赤や黄色が、灰色《はいいろ》の瓦礫《がれき》をバックに浮《う》き上がる。少女がかけていく。

瓦礫《がれき》を踏《ふ》み越《こ》えるようにして。

このあたりもほこりっぽい。風が吹《ふ》くとテントがぱたぱた揺《ゆ》れて、ほこりが舞《ま》い上がるのがはっきりと見える。テントの中の粗末《そまつ》な道具。鍋《なべ》や食器。社会貢献《こうけん》の授業《じゅぎょう》で観《み》た、難民《なんみん》キャンプの映像《えいぞう》に重なる。だが、授業で見た映像《えいぞう》は映像でしかない。映像には空気はない。においもない。

ここは山岳《さんがく》地帯だ。夜は冷えるのではないだろうか。寝具《しんぐ》はあるのだろうか。

こんな劣悪《れつあく》な中でも、人は食物を取《と》り込《こ》み、排泄《はいせつ》をする。もっとも基本的《きほんてき》な営《いとな》みが生み出す複雑《ふくざつ》なにおい。すえたようなにおいが不快《ふかい》で、思わずうっとなって、息を止める。ずっと止めていられるわけもないのに。口と鼻を手で覆《おお》いたい。でも、そんな失礼なことはできないと思って、必死に耐《た》えた。においに引《ひ》き寄《よ》せられるように、飛んでくる蠅《はえ》がうるさい。

「地続きの土地であれば、他国に逃《のが》れるという選択《せんたく》もあるでしょう。けれど、ここの人びとは無防備《むぼうび》なまま攻撃《こうげき》にさらされた上、逃《に》げ場《ば》もなかったのです。山道をたどってくるのは難《むずか》しいから、地上軍は戦《たたか》いづらい。けれど、空からの攻撃にはひとたまりもなかった、ということです」

ふいに飛びだしてきた少女と、ぶつかりそうになった。

「あ、ごめんなさい」

暗い瞳《ひとみ》の少女は、敵意《てきい》を丸出しにして、私《わたし》を睨《にら》みつけた。顔がこわばったのを自覚して苦しくなる。少女の敵意に、私はひるんだのだ。

「このあたり、モロフ将軍《しょうぐん》のアジトと見なされました」

特に崩《くず》れの激《はげ》しい一角を指さして、ガロウ君がぽつりと言った。

「そうだったのですか？」

「違《ちが》う。ありえない。住んでいたのは、普通《ふつう》の人」

英語を覚えたがっている陽気な若者《わかもの》が、一瞬《いっしゅん》、泣きそうな表情《ひょうじょう》を見せた。

地域紛争《ちいきふんそう》の難《むずか》しさは、敵《てき》の実態《じったい》がつかめないことだという。テロリストは民衆《みんしゅう》に紛《まぎ》れ込《こ》み、巻《ま》き添《ぞ》えをくらって人が死ぬ。犠牲者《ぎせいしゃ》の多くは遠隔操作《えんかくそうさ》の無人機による空爆被害者《くうばくひがいしゃ》だ。つまり、攻撃《こうげき》する側は、リアルに倒《たお》れる人の姿《すがた》は見ない。見なくてすむ。それが二十一世紀の戦闘《せんとう》のやり方だ。その結果、罪《つみ》なき人びとが犠牲となれば、誤爆《ごばく》として「遺憾《いかん》の意」を表して、片《かた》づける。

次に訪れたのは、救護所《きゅうごしょ》だった。かろうじて残ったその建物は、元は地域の学校だったという。一歩、足を踏《ふ》み入れたとたん、体が硬直《こうちょく》した。横に立つ美香さんをそっと見る。表情《ひょうじょう》がなかった。

ベッドと呼ぶには粗末《そまつ》すぎる板の上には、体のあちこちを包帯にくるまれている人が横たわっていた。しかも、子どもや女性《じょせい》、そして老人の姿が目立つ。苦痛《くつう》にゆがむ顔、低くうめくような声、あるいはぼんやりと天井《てんじょう》を見つめる人、目に涙《なみだ》をためる子ども……。しっかり見なくてはと思うのに、視線《しせん》がどうしても下に向いてしまう。

何もかもが理不尽《りふじん》な気がした。私はなぜ、こんなところにいなければならないのだろう。

消毒薬のにおいに混《ま》じって、汗《あせ》や血や汚物《おぶつ》のにおいが鼻をつく。医薬品が足りていないことは、一日でわかった。

「なぜ、国連やNPOからの援助《えんじょ》がないのですか？」

「アイロナが、被害《ひがい》を小さいものとして伝えてます。それより何より、マナト自身が、発信力を持たないから、ここの惨状《さんじょう》がほとんど伝えられないままなのです」

美香《みか》さんが答えた。

だからこそ、私《わたし》はここに呼《よ》ばれたと、そういうことなのだろうか。

「でも、ネットは？」

答えたのは、ガロウ君だった。

「市長はアイロナに抗議《こうぎ》しました。でも、アイロナの方が、声が大きい。アイロナは、否定《ひてい》します。マナトは、発信力ないです。ほとんどの人、インターネット、知りません。マナトの人は、ここで自足して生きてきた。もともと、世界の動きから取り残された場所でした。アイロナは長い間独立《どくりつ》戦争をしていた。世界はアイロナには一定の同情《どうじょう》を寄せた。でも、その頃《ころ》から、マナトは、忘《わす》れられた場所だった。だれも、来ない。来たのは美香《みか》さんだけ」

たどたどしくはあったが、ガロウ君の言葉は正確《せいかく》に伝わった。けれど、私《わたし》には返す言葉がない。

これまでにも、日本人が紛争地《ふんそうち》で人質《ひとじち》となって殺されるという事件《じけん》が何度かあった。その時は、危険《きけん》な場所に行くべきではない、自己責任《じこせきにん》だという意見が世論《よろん》を覆《おお》ったという。でも、そこに外の目が入らなければ、中で起こっていることはわからない。ましてや、マナトのように自ら発信する手だての乏《とぼ》しい場所は。

「私も、知り合いのマスコミ関係者に何度かコンタクトを取ったけれど、関心は低かった。マイナーな雑誌社《ざっししゃ》が、一度だけ、ネットに写真と短い文章を掲載《けいさい》してくれただけだった。アイロナが独立《どくりつ》する時は、けっこう話題になりましたが」

と美香さんがつぶやくように言った。私は思わず、唇《くちびる》をかみしめた。

崩《くず》れた壁《かべ》に、破《やぶ》れかけた紙が貼《は》ってあった。文字はわからないけれど、なんとなくおどろおどろしさが伝わる。書いてあることを聞くと、

「マナトは永遠《えいえん》。モロフは帰ってくる。我々《われわれ》は諦《あきら》めない。ギュアンに死を！」

と、ガロウ君が教えてくれた。

「モロフ氏というのはどれくらい、支持《しじ》されているのですか」

「どうでしょうか。大方のマナトの人びとは、闘《たたか》うことは苦手です。けれど、アイロナへの攻《こう》撃《げき》がモロフの名においてなされ、実際《じっさい》にマナトの若者《わかもの》たちが、アイロナに対し、自爆的《じばくてき》な攻撃を行ったのは事実です。モロフ氏を熱狂的《ねっきょうてき》に支持《しじ》する人は少なくはないでしょう。大きな犠《ぎ》牲《せい》を出しているのはマナトであり、愛する者の命を奪《うば》われて報復感情《ほうふくかんじょう》を持たないことは難《むずか》しい。猛《たけ》り狂《くる》ったように残虐《ざんぎゃく》な行為《こうい》に及《およ》ぶマナトの人もいます。被害《ひがい》の程度《ていど》に大きな差があるからといって、マナトの行動を正当化できるわけではありません」

美香《みか》さんは、市長の代理人として私《わたし》を迎《むか》えに来た人だが、公平な目を持っていると感じた。

それにしても……。紛争《ふんそう》を理解《りかい》しようと思うほどに、何がなんだかわからなくなる。いったいだれが正しくてだれが間違っているのか。だれが悪いのか。

アイロナとマナトの対立は、小国内の小さな紛争。そう認識《にんしき》されていたけれど、発信力とい

う点からも、かなり力の差がある。だからこそ、他国はアイロナに理があると見なした。けれども、ここで見たことは、むしろ、逆《ぎゃく》なのではないかとさえ思える。といって、もちろん、アイロナを一方的に断罪《だんざい》するわけにはいかない。それは、美香《みか》さん自身が認めている。

「暴力《ぼうりょく》はいけないと、市長は言う。けれど、マナトの人、モロフ氏の攻撃で、アイロナをやっつけると、喜ぶ。ぼくも、少し嬉《うれ》しかった」

と語るガロウ君の言葉は、とても正直なものだと感じた。

それでも、思いのほか元気な子どもがいて、あたりを駆《か》け回《まわ》っている。思わず微笑《ほほえ》みを浮かべる。ところが、すぐに、その笑みを引っ込ませることになった。

「親を亡《な》くして、行き場がないのです。昼間はああして走り回ったりしていますが、夜、うなされる子は少なくありません。空から火が落ちてくる、と。突然、パニックを起こすこともあります」

できるだけ感情《かんじょう》をおさえた口調で、ガロウ君が言った。

ふいに、小さな手に腕《うで》をつかまれた。小学校の低学年ぐらいの少女が、私《わたし》を見上げている。黒い瞳《ひとみ》がきらきらと輝《かがや》いていた。

ガロウ君が少女に向かって何事か告げる。それに対して答える少女の声は、少しハスキーだが、独特《どくとく》の抑揚《よくよう》があって、ここの言葉はさっぱりわからないけれど、耳に心地《ここち》いいと思った。せめて、挨拶《あいさつ》言葉ぐらい、教わろう。

「どこからきたのかと聞いてますから、遠くの海の先、日本という国だと教えました。そうしたら、アイロナシティより遠い？　と」

ガロウ君は、切なそうに目を細めた。少女は、にっと笑いかけると、私《わたし》の手を離《はな》し、かけ去っていった。腕に、少し汗《あせ》ばんだ少女の手の感触《かんしょく》が残る。

市庁舎《しちょうしゃ》のある中央地区にもどるには、行きよりも時間がかかった。一時間ほど歩いただけで、足が鈍《にぶ》ってきた。まめができたのか、左足を少し引きずるようにして歩く。美香《みか》さんが速度を抑《おさ》えてくれているのがわかって、却《かえ》って気持ちが萎《な》えた。美香さんのタフネスぶりを見るにつけ、自分のひ弱さを思い知らされた。

むろん、足が重いのは、疲労《ひろう》のせいだけではない。今日、私《わたし》は、初めて生々しい戦闘《せんとう》の跡《あと》を目《ま》の当《あ》たりにしたのだ。

来る時には見過《みす》ごしていたものに気づくこともあった。道から少し逸《そ》れた樹木《じゅもく》にべったりと着いた血糊《ちのり》。

「ここまで逃《に》げてきて、力つきた女の人がいた。赤ちゃんを抱《だ》いていた。爆撃《ばくげき》からは生《い》き延《の》びた赤ちゃん、そのあとで、死にました」

ぽつりと、ガロウ君が言った。

ようやく、市庁舎にたどりついた時には、午後四時近くになっていた。私《わたし》は全身汗《あせ》だくで、息も絶《た》え絶《だ》え、その場に座《すわ》り込《こ》みたい気分だった。

コラプ地区を見てきたあとなので、このあたりの風景が、妙《みょう》にのどかに感じられた。最初は息を呑《の》んだ庁舎《ちょうしゃ》の割《わ》れガラスも、もはや何事にも思えない。自分の感覚の軸《じく》のようなものが、どんどんとずれていく気がした。

そのまま庁舎に入り、二階の一室に案内された。窓《まど》のない部屋だった。廊下《ろうか》に出る扉《とびら》のほかに、隣室《りんしつ》とつながっているらしいドアが一つ。白い壁《かべ》に、海を描いた絵が一枚《まい》かけてあった。あとは、スチールのキャビネットと、大きなテーブルと椅子《いす》が六客《きゃく》ほどあるだけ。キャビネットの上に、手で受話器を持つ電話があった。プッシュボタンが出っ張《ぱ》っている。まるで骨董《こっとう》品《ひん》のようだ。

「ここでなら、ネットをお使いいただけます。衛星《えいせい》通信でブレスレットも使えますが、大きい画面の方がよろしければ、ここの端末《たんまつ》をお使いください。電話もできます。時々、音がとぎれるかもしれませんが」

と、美香《みか》さんは言うと、テーブルの上に、一台の古めかしいタブレット型のパソコンを置いた。

「今後のスケジュールは、わかりましたか？」

「ええ。明日は午前中、山岳《さんがく》地帯の視察《しさつ》です。午後、リュゴン市長との会談と会食。明後日、午前中に調停について協議し、夕刻《ゆうこく》までには、アイロナシティにお送りします」

「わかりました」

「では、私《わたし》は六時にお迎《むか》えにきます。何かありましたら、ゼロ番に電話をして、ガロウ君を呼《よ》んでください。トイレは、隣《となり》の部屋に。今はだれもおりませんからご安心ください」

「住井《すみい》さんは、どちらへ？」

「私の仕事をしに」

美香さんは、少しだけ笑《え》みを浮かべた。


一度出ていった美香さんがもどってきて、水差しとグラスを置いていった。そばに、見たことのない果実が添《そ》えてある。

「特産です。グァバに似た味でおいしいですよ」

やさしい人だと思う。言い方は相変わらず他人行儀《ぎょうぎ》だけれど。でも、そんなことを言ったら、他人じゃありませんか、と言われてしまいそうだ。

再《ふた》び一人になって、大きく息を吐《は》いた。首を回すとコキッと音がする。腕《うで》を伸《の》ばしてストレッチをしてから、ブレスレット端末《たんまつ》を立ち上げた。

何から調べたらいいのだろうか。マナトのこと？　三か月前の攻撃《こうげき》のこと？　いや、まずは竹中《たけなか》さんに連絡《れんらく》だ、などと思いながらも、実際《じっさい》に私が最初に検索《けんさく》したのは、「住井美香《すみいみか》」だった。

ネットの人物事典が教えてくれる業績《ぎょうせき》は、ささやかなものではあったが、美香さんが、若《わか》い時から世界を飛び回っていたことを十分に伝えてくれていた。中東、アフリカ、南米。前世紀から何かと紛争《ふんそう》の絶《た》えなかった地域《ちいき》。二〇〇六年一月十三日、東京生まれ。けれど、国籍《こくせき》は日本ではない。渡航自粛勧告《とこうじしゅくかんこく》に抗《あらが》って紛争地《ふんそうち》に行った「反日分子」だと詰《なじ》る古い記述《きじゅつ》が、いくつか見つかった。

フォトジャーナリスト、住井美香《すみいみか》の発表媒体《ばいたい》は、主にはネットだ。ウェブサイトを見つけた。ずっと長く戦争報道《ほうどう》に関《かか》わってきたことがわかった。アップされている写真の中には、目を背《そむ》けたくなるようなものもあったが、サイトに発表されているものの多くは、子どもたちの写真。紛争地《ふんそうち》の子ども。それなのに、ほとんどの子は、澄《す》んだ目を輝かせている。笑顔《えがお》でポーズを取る子もいる。紛争地と思うからか、一見無邪気《むじゃき》に見える笑顔に、よけいに胸《むね》が痛《いた》くなる。

子どもにはどんな罪《つみ》もない。そのことだけは、きっと多くの人が共感するだろう。ふと、さっきコラプ地区で見た子どもの姿《すがた》が重なる。本物の笑顔がほしい。だからといって、笑いながら駆《か》け回《まわ》っていたあの子たち、夜はうなされるという子どもの笑顔が嘘《うそ》だというのは、それも違《ちが》うだろう。

いろんな考えが浮かんで、私《わたし》は混乱《こんらん》していた。この二日、見聞きしたさまざまなこと、接《せっ》した情報《じょうほう》は、自分の頭では処理《しょり》しきれなかったのだ。

タップしていて、ふと、一枚《まい》の写真に釘《くぎ》づけになった。

美香《みか》さんが撮《と》った、銃《じゅう》を持つ少年兵の写真だった。

暗い目をぎらつかせて、こっちを睨《にら》みつけているようだった。年のころは、小学生の高学年ぐらいだろうか。何かでスイッチが入ったら、容赦《ようしゃ》なく引き金を引く。少年の表情《ひょうじょう》はそう語っていた。

キャプション。

《マナト特別市の少年兵。十二歳《さい》。彼《かれ》は、アイロナ軍の空爆《くうばく》によって、家族を殺され、ただ一人生き残った。》

憎《にく》しみと恨《うら》みと敵《てき》を倒《たお》すという暗い情熱《じょうねつ》。幼《おさな》くあることを許《ゆる》されない、厳《きび》しい顔。

思わず左手で右手をつかんで、握《にぎ》りしめていた。痛《いた》くなるほど。少年兵のありようが悲しかったからではない。その少年を知っていたからだ。

ガロウ君だったのだ。

しばらく、手の震《ふる》えが止まらなかった。それから、なぜだか、目に涙《なみだ》がにじんだ。どうして？　あんなに屈託《くったく》なく笑っていた、ちょっと脳天気《のうてんき》な印象でさえあったガロウ君が、四年前には、こんな暗く険《けわ》しい顔で、しかも武器《ぶき》を手にしていたなんて。

息苦しくなって、水を飲む。そばに置かれたグァバに似た味だという果物が目に入る。画面から目を逸《そ》らして、その球形の果実を手でくるんだ。かすかに甘《あま》い、果実のにおいを感じた。気分が少し持ち直した。

画面を切り替《か》え、英文の検索《けんさく》サイトで、コラプのことを調べた。検索語「マナト市　紛争《ふんそう》犠牲者《ぎせいしゃ》」。さほどのヒットがない。アイロナとの紛争も、その前のニキランドとの紛争もごっちゃにしているような記述《きじゅつ》もある。ただ、ニキランドとアイロナの紛争も含め、この地域《ちいき》について、世界の関心が高くなかったことだけは、改めて思い知らされた。

ふと、「社会貢献《こうけん》」の授業《じゅぎょう》で習った、一九九四年のルワンダ虐殺《ぎゃくさつ》のことを思い出した。何十万という犠牲者《ぎせいしゃ》の数に衝撃《しょうげき》を受けて、祖母《そぼ》に覚えているか、と聞いた。祖母は、日本ではあまり話題にならなかったと、そう語った。

ニキランドとの紛争《ふんそう》も含め、マナトの犠牲者は、一説によれば二千人。多く見積もる見解《けんかい》で一万二千人。ルワンダに比《くら》べればずっと少ないが、それでも、もしもこの犠牲者数が、欧米《おうべい》の先進国でのことならば、大騒《おおさわ》ぎになるだろう。

モロフ将軍《しょうぐん》を検索《けんさく》。候補《こうほ》として表示《ひょうじ》される、「モロフ　テロリスト」という言葉。けれど、人物事典にその人の項目《こうもく》はない。画像《がぞう》も見つからなかった。

その他の、モロフに関する虚実《きょじつ》入り混《ま》じった情報《じょうほう》は、英文のものが多い。

——見事な口ひげを蓄《たくわ》えた長躯《ちょうく》。今世紀初頭、アメリカの同時多発テロの首謀者《しゅぼうしゃ》として世界を騒《さわ》がせたウサマに似た容貌《ようぼう》。もともとニキランド連邦《れんぽう》共和国で軍事訓練を受け、アイロナ独《どく》立《りつ》の際に頭角を現《あらわ》す。独立後は、しばらく消息が途《と》絶《だ》えたが、マナトとの紛争勃発後《ぼっぱつご》、再《ふたた》び軍人としての力量を発揮《はっき》し、反乱軍《はんらんぐん》を指揮指導《しきしどう》。

——アイロナシティに生まれ、裕福《ゆうふく》な家庭で育つ。老《ふ》けて見えるがまだ三十代。アイロナ独立運動には関《かか》わっていない。二十代に世界各地を放浪《ほうろう》。語学が堪能《たんのう》で四か国語を話す。

――知られざるモロフ像《ぞう》。子どもも好きで、意外にフェミニスト。

――アイロナに叛旗《はんき》を翻《ひるがえ》したモロフは、四十歳《さい》。マナトの貧農《ひんのう》出身。冷徹《れいてつ》な男で、引き金を引くのに眉《まゆ》一つ動かさない。

――アイロナにてテロ事件《じけん》発生。モロフによる反抗《はんこう》声明がネットに配信。その後削除《さくじょ》。

――アイロナの要人が語ったところでは、モロフは二人いる。後、当該《とうがい》人物は発言を否定《ひてい》。

どの情報《じょうほう》も、信用できるとはいいかねた。

私《わたし》は、続けてリュゴンという名を検索《けんさく》してみた。ヒット件数《けんすう》は、モロフより桁違《けたちが》いに少なかった。なぜか、リュゴンがマナトの市長であると説明する記述《きじゅつ》はなく、アイロナ独立《どくりつ》戦争の指導者《しどうしゃ》と記《しる》されている。ピントのぼけた画像《がぞう》があった。見事な口ひげ。長身。容貌《ようぼう》がウサマに似《に》ているのは、リュゴン市長なのだろうか。非暴力主義者《ひぼうりょくしゅぎしゃ》。そこは、ガロウ君から聞いた情報に一致《いっち》していた。

そうだ、今日、七月八日はどんな日だったろう。

一八一五年。ルイ一八世がパリに帰還《きかん》、国王に復位《ふくい》。ナポレオンの百日天下が終わったため。

一九五七年。砂川事件《すながわじけん》。聞いたことはあるけれど、なんだったろう。でも、今は調べる時間はない。

一九九四年。スペースシャトル・コロンビア打ち上げ。日本人女性《じょせい》で初の宇宙《うちゅう》飛行士、向《むか》井千秋《いちあき》が搭乗《とうじょう》。

二〇一五年。米国内の一企業《きぎょう》だったPAがグローバル事業展開《てんかい》を発表。

二〇二〇年。組織犯罪処罰法《そしきはんざいしょばつほう》改正。グループ登録をした場合以外、一斉《いっせい》メール禁止《きんし》。行政《ぎょうせい》側《がわ》のメール検閲《けんえつ》を前提《ぜんてい》とするものと、反対運動が起こったが、僅差《きんさ》で改正案が通過《つうか》した。

二〇二五年。台風一六号、沖縄《おきなわ》本島に上陸。九三五ヘクトパスカル。沖永良部《おきのえらぶ》島で最大瞬《しゅん》間《かん》風速六二メートルを観測《かんそく》。

同日。スカイツリーでエレベータージャック事件《じけん》発生。犯人射殺《はんにんしゃさつ》。あれ以来、観光施設《しせつ》のセキュリティチェックが厳しくなった。

そういえば、去年の春に、スカイツリーの展望台《てんぼうだい》に行った時も、一緒《いっしょ》に行った子が、リュックを厳重《げんじゅう》にチェックされていた。男の子を紹介《しょうかい》すると莉里子《りりこ》に言われて、莉里子の付き合っている人とその友だちと、四人で出かけた時だ。普通《ふつう》高校に通うその男子とは、二度デートして、そのままになってしまった。あとから、和菜《かずな》は理想が高すぎ、と莉里子に言われた。その相手の人も、レベルの高い学校の生徒だったし、ルックスも悪くなかった。適度《てきど》に快活《かいかつ》で、おしゃれで、けっこうもてそうな人だった。ただ、なぜかインターナショナルスクールにコンプレックスを持っていて、スピーチフェスティバルの国内予選を通ったと告げた時も、「さすがIHSっていうか、ご立派《りっぱ》だよな」と言ったその言い方が、ひっかかった。「ご立派」は「立派」ではない。もちろん、自分が立派だなんて思っていたわけではない。けれど、私《わたし》が言葉をつくして将来《しょうらい》の夢《ゆめ》を語っても、現実《げんじつ》と理想は違《ちが》うと、斜《しゃ》に構《かま》えたような態度《たいど》で笑われた。

でも、今思い返せば、私はそんな相手のことを、どこかで軽《かろ》んじていたのかもしれない。自分が同世代の子たちに比《くら》べて、考えも深く、いろんなことがわかっていると、思い上がっていたのだ。たしかに勉強が好きだったし、同世代の子と比べて知識《ちしき》はあったと思う。けれど、それがなんだというのだ。私は今、ここで見た現実《げんじつ》の重みに、すっかりうちひしがれていた。

両手で頬《ほお》を包むようにして軽くはたく。今さら、いじいじしたってどうしようもない。ここに来ることを決めたのは、私だ。弱音を吐《は》くわけにはいかないのだ。そう思いながらも、口の中が苦い。フラッシュバックのように、瓦礫《がれき》の街がよみがえる。来るんじゃなかった、こんなところに。来なければ、見たくもない光景を見なくてすんだのに……。

はっと我《われ》に返って時計を見ると、五時半を回っていた。私は慌《あわ》てて、ブレスレットのメールをチェックする。父からメールが二件《けん》。こちらの時間で昨日の夜と今朝。至急連絡《しきゅうれんらく》するようにとのこと。マナトにいるとだけ返信した。詳《くわ》しいことを語れる心境《しんきょう》にはなれなかった。経緯《けいい》は、竹中《たけなか》さんが連絡してくれているだろう。それから、電話の着信履歴《りれき》が二件。こちらは、いずれも今日の午前中で、竹中さんからだった。電話をかけると、三度目のコールでつながり、

「和菜《かずな》さん、ご無事ですか！」

という懐《なつ》かしい声が耳に届《とど》いた。

「ああ、竹中さん。私《わたし》は大丈夫《だいじょうぶ》です」

私は、手短に、ネットがここでしか使えないことを話した。

「とにかく、ほっとしました。社長がとても心配しておられます」

「父に、話したのですか？」

「和菜さんに連絡《れんらく》がつかないと、私の方に連絡があったものですから」

「そうでしたか。ご迷惑《めいわく》をおかけしました」

ここに来ることを決めたのは私。けれど、父はまさか単独《たんどく》で私が動くとは思っていなかったはず。竹中さんが父に叱責《しっせき》されたのではないかと案じられた。けれど、竹中さんはそういうことは決して口にしない。

「いえ、とんでもないです。でも、お声が元気そうでよかった。そちらの様子はいかがですか」

「もう、驚《おどろ》きの連続です。竹中《たけなか》さんと一緒《いっしょ》に、飛行機に乗っていたのが遠い昔みたい。こっちは、山岳《さんがく》地帯なんです。ところどころに盆地《ぼんち》のように開かれた集落があって。ネットもここ……今、市庁舎《しちょうしゃ》にいるんですが、ここしかつながらないそうです。百年以上昔にもどったみたいな感じです。ただ、景色がすばらしいです。アイロナ山がほんとに美しい。といっても、戦闘《せんとう》のあった地域《ちいき》だから、悠長《ゆうちょう》なことを言ってはいられません。今日、空爆《くうばく》された街を視察《しさつ》したんです。瓦礫《がれき》の山が片《かた》づいていないままで、けが人の治療《ちりょう》もままならないようでした。子どもたちが、かわいそうで。私《わたし》、現場《げんば》を見たの、初めてで、ほんとにびっくりしたというか、辛《つら》かったです。ほとんど報道《ほうどう》されない中で、ひどいことが起こっているのかもしれません。もっとも、これは、マナト側から見たことですけれど。そちらは、何かわかりましたか？　マナト側によるアイロナの被害状況《ひがいじょうきょう》については、何かわかりましたか？　それから、モロフ氏について」

私は堰《せき》を切ったように一気にしゃべった。こんなにも、話すことに餓《う》えていたのだと思った。

「マナト側からの局所的な攻撃跡《こうげきあと》は、市街にあります。実際《じっさい》に私も現場を確認《かくにん》しました。そして、モロフ氏の名による犯行声明《はんこう》も間違《まちが》いなく出されています。モロフ氏は、チュエン氏が言っていたように、指名手配されています。ただ、被害状況《じょうきょう》がマナト側の方が甚大《じんだい》であるのは、アイロナ当局も認めています。つまり、これ以上長引けば、体面も悪くなるし、本音をいえば、手打ちにしたいというところでしょう。それで、マナト特別市の市長が提起《ていき》した調停要請《ようせい》に同意したようです」

「そうですか。明日は午前中に、山岳《さんがく》地帯に出かけ、午後は、市長と会談します。予定どおり、明後日の夕刻《ゆうこく》には、そちらにもどります。航空チケットの手配は？」

「大丈夫《だいじょうぶ》です。和菜《かずな》さんが一人でマナトに行ったことで、チュエン氏には渋《しぶ》い顔をされました。ドゥメイさんも叱《しか》られたようで気の毒でした。でも、ご本人は、慣《な》れてますからと、涼《すず》しい顔で……。ところで、あの住井美香《すみいみか》という人は、なかなかの人物のようですよ」

私《わたし》は竹中《たけなか》さんの言葉に、少し驚《おどろ》かされていた。美香さんについて、竹中さんも調べてみたのだろうか。

「というのは？」

「チュエン氏は、マナトの犬と、それは辛口《からくち》でした。けれど、ドゥメイさんは、とても公正な芯《しん》の強い女性《じょせい》だと言ってました。住井さんのお父上もジャーナリストで、戦場で斃《たお》れたとか。

それでも同じ道を歩まれているのですから、相当の覚悟《かくご》をお持ちなのでしょう」

ドゥメイさんは、美香《みか》さんとは旧知《きゆうち》の間柄《あいだがら》のようだった。けれど美香さんは、今はマナト市長の代理人で、ドゥメイさんにとっては対立する側の人間だ。その美香さんを、いかにも頭の切れそうなドゥメイさんが公平だと評《ひよう》したことには、納得《なつとく》できる気がした。

「たしかに、美香さんは、とっつきにくい人だけれど、信用のできる人だと思います。じゃあ、そろそろ六時になるので、宿にもどらねばなりません。すみませんが、父には、竹中《たけなか》さんからも詳《くわ》しく連絡《れんらく》を入れておいてください」

「承知《しようち》しました。直《じか》に和菜《かずな》さんと連絡をとれたことで、社長も安心するでしょう。くれぐれもお気をつけて」

電話を切ってから、ものの数分のうちに、美香さんがもどってきた。

私《わたし》は美香さんと宿泊所《しゆくはくじよ》にもどり、昨晩《さくばん》と変《か》わり映《ば》えのしない夕食にありついた。

六

七月九日（水）。

山歩きをして体が疲《つか》れていたのがよかったのかもしれない。とても寝《ね》つけそうにないものを見て、どう納得《なっとく》させていいのかわからないことを考えていたのに、私《わたし》は寝床《ねどこ》に入ったら、ほどなく寝ついて、目覚めた時には、外は明るかった。マナトで迎《むか》える二日目の朝は、前日同様、よく晴れていた。

本来なら、欧州《おうしゅう》に向けて飛び立つ予定だったが、今、ここにいることに不思議と後悔《こうかい》はなかった。昨日のことを思い出すと、いたたまれない気分にはなるけれど。

美香《みか》さんと顔を合わせると、まず聞かれた。

「ちゃんと眠《ねむ》れましたか？」

「おかげさまで」

「案外図太いのね」

思わず顔を赤らめると、意外な言葉が返ってきた。

「今のは、褒《ほ》めたんですよ。眠《ねむ》れるというのは大事なことだから。私《わたし》は、初めて戦地取材をした日は、眠れませんでした」

「でも、昨日見たのは、悲惨《ひさん》な光景ではあったけれど、渦中《かちゅう》ではありません。住井《すみい》さんは、もっとひどいものを見てこられたのでしょう？」

「悲惨なものを見ているからといって、それが何？」

なぜか言葉に自嘲《じちょう》が含《ふく》まれているようで、面食らった。

「知ることは、人としての義務《ぎむ》だと思います」

「真面目《まじめ》ね。でも、ほとんどの人は、見たくないと思ってる。見ようともしないで、平気で防《ぼう》衛《えい》の名の下に猛々《たけだけ》しいことを語る人だって、少なくありません。現実《げんじつ》を知らずに必要悪だとばかりに、暴力《ぼうりょく》を肯定《こうてい》する。その結果は考えない。本音を言えば、私ももう見たくはありません」

「それでも、あなたは撮《と》り続けているではありませんか。危険《きけん》な場所に出向いて。渡航自粛《とこうじしゅく》勧告《かんこく》に逆《さか》らって、それで国籍《こくせき》も離脱《りだつ》したのでは？」

「因果《いんが》な仕事。危険《きけん》な場所にだれかが行って伝えなければ、そこが危険だということもわからない。反対に、危険視《きけんし》されている場所がそうではないこともある。それも、だれかが伝えなければ。そんな思いでいる人もまた、世界中にたくさんいる。私《わたし》など、何ほどのこともできてはいません」

なぜか、近寄《ちかよ》るのを拒絶《きょぜつ》されている気分になる。未《いま》だに、ずっと年下の私に丁寧《ていねい》な言葉で話し続けるのも、距離《きょり》を置こうという意志《いし》の現《あらわ》れなのだろうか。決して、不親切ではないし、むしろ、いろいろ気遣《きづか》ってくれていることはわかるけれど。

「ガロウ君の写真を見ました。武器《ぶき》を手にした」

「そうですか。よくわかりましたね。ガロウだということが」

「どことなく、面影《おもかげ》がありますから」

「……ガロウは、希有《けう》な例でしょう。幼《おさな》い頃《ころ》に、拉致《らち》同然につれて行かれて、憎《にく》しみだけを植え付けられて、手に武器を取らされて、心を壊《こわ》した子どもなんて、世界のあちこちにいます。ガロウも、出会った頃は、すさんだ目をしていました」

私は、小さく頷《うなず》く。大きく見開いたやけに白目が目立つ目。あの目に、私自身が睨《にら》みつけられているようだった。

「でも、市長がガロウを変えました。それを目《ま》の当《あ》たりにしたことで、私もここに長逗留《ながとうりゅう》するはめになったわけですが。大切なのは、諦《あきら》めないことです。けれど、心の回復《かいふく》も時間がかかる。みな、地獄《じごく》を見てきたわけだから。ガロウにしても、今なお、夜は違《ちが》う顔をしている、と思うことがあります」

疲《つか》れたような表情《ひょうじょう》で、美香《みか》さんは言った。この人は、どれだけの「地獄」を見てきたのだろう。

その日、向かったのは、中心街よりいくぶん標高の高いところにある小さな農村で、織物《おりもの》の工房《こうぼう》を見学するという。そこを訪《おとず》れるのも、リュゴン市長の意向らしい。

美香さんはもちろん、ガロウ君も一緒《いっしょ》だった。でもガロウ君になんと声をかけたらいいかわからなくて、ちょっと態度《たいど》がぎごちなくなってしまった。

またしても徒歩。最初にきつい上りがあった。けれど、コラプ地区よりは近く、一時間程度《ていど》で目的地に着いた。

集落とはいっても、家はあまり多くなく、どの家も木造《もくぞう》で、石造《いしづく》りの家は見当たらなかった。どことなく、懐《なつ》かしく感じる。家の形や植物の種類が違っていれば、日本の山村といってもいいような景色が広がっていた。そののどかな光景にほっとする。日差しが強いためか、葉を茂《しげ》らせた高木の影《かげ》が地面に濃《こ》くくっきりしている。

照葉樹林帯《しょうようじゅりんたい》なのだろうか。葉が日光に照り返るようにきらきら輝《かがや》いて見えた。日差しがかなり強烈《きょうれつ》なのに、木蔭《こかげ》が思いのほか涼《すず》しく、時おり、さわやかな風が吹《ふ》き抜《ぬ》けていく。

「このあたり一帯を、地均《じなら》しして大麻《たいま》のプランテーションにしたいというのがアイロナの要求です。そのために、ニキランドも、マナトには地雷《じらい》を撒《ま》かなかったんです」

私《わたし》は、知っているという風に頷《うなず》いた。ふと、重機が我《わ》がもの顔で、樹木《じゅもく》をなぎ倒《たお》していく光景が頭に浮かんで、めまいがしそうになる。

「マナトのほとんどの人びとは、プランテーションには反対しています」

「世界的には、大麻は合法化の方向ですよね。雇用《こよう》が作れると、アイロナは主張《しゅちょう》しているようですが」

と、聞いてみた。

「あなたは、どう思いますか」

雇用創出《そうしゅつ》。それがまったくの偽《いつわ》りとは思わない。けれど、私の直感はＮＯだ。

この美しい集落が、コラプ地区と同じマナト市に属《ぞく》するとは、なんという差だろう。

「正直なところ、わかりません。大麻は日本には、未《いま》だになじまないものですから。ただ、何事につけても、プランテーションがその土地を潤《うるお》すというのは、何の保証《ほしょう》もないことだと、歴史が証明《しょうめい》しているように思います」

潤うのは富裕層《ふゆうそう》だけ。そんな事例は掃《は》いて捨《す》てるほどあるだろう。美香《みか》さんは少し笑った。

「PA傘下《さんか》の企業人《きぎょうじん》としては、言わない方がいい言葉ね」

「えっ?」

私《わたし》はかすかに首をかしげる。なぜ、マナトのプランテーションに、PAが関係するのだろう。

「ぼくは、絶対《ぜったい》に反対」

ガロウ君が口を挟《はさ》む。

「儲《もう》ける人は、決まってる。マナトの人は、豊《ゆた》かにならない」

たしかに、先進国の多額《たがく》の援助《えんじょ》は、たいていは末端《まったん》の貧《まず》しい人には届《とど》かない。残念ながら、途上国《とじょうこく》の開発とは、いつもそんな風に進むのだ。では、どうしたらいいのか。眉《まゆ》が寄る。自分でも自覚するほどに。

美香さんを先頭にして、一軒《けん》の家に入っていく。途中《とちゅう》で目にしたよりは、いくぶん大きな建物で、ここが織物工房《おりものこうぼう》なのだという。

明るい戸外からいきなり部屋の中に入ったために、目がなじむのに少し時間がかかった。

「美香《みか》さん」

という声がした。声の方を見ると、糸を張《は》った小さな織《お》り機のところに少女が座《すわ》っていた。美香さんが、何事か語りかけ、少女は目を見開いて、頷《うなず》いている。拾えた単語は、「アイロナ」「日本」「見る」（これは、昨日、ガロウ君に教えてもらった）。

目が慣《な》れてくると、家の中は決して暗いわけではないことがわかる。外の光が明るすぎるのだ。私《わたし》はゆっくりと室内を見回す。板の壁《かべ》に板の床《ゆか》。壁一面に、木の棚《たな》が整然と並《なら》び、それぞれの棚には、糸や布《ぬの》が重ねて置いてある。

織り機は、鶴《つる》の恩返《おんがえ》しのように、ぱったんぱったん足も使って織るタイプのものではない。もっと簡便《かんべん》なもので、少女は足を投げ出す恰好《かっこう》で作業をしていた。途中《とちゅう》まで織られた布が、独特《どくとく》の模様《もよう》であることは、すぐに理解《りかい》できた。あでやかだけれど、品がいい。

この模様を、亜由良《あゆら》の叔母《おば》さんである村沢千夏《むらさわちなつ》さんなら、どう思うだろう。もちろん、これは、古布《こふ》ではないけれど、千夏さんがもしこの布を使ったら、どんな作品を作るだろうか。

「説明します」

という美香さんの声で、我《われ》に返る。

「この家では、機織《はたお》りや農作業をしながら、少女たちが共同で暮《く》らしています。ほかの子たちは、今、農作業に行っているそうです。みな、爆撃《ばくげき》で親を失った子たちです。この少女は、タオという名で、十四歳《さい》。もともと首都に住んでいたのですが、まだ乳児《にゅうじ》の頃《ころ》、ニキランドの攻撃《こうげき》で両親を失いました。リュゴン氏が、孤児《こじ》を引き取ってマナトに移住《いじゅう》した時に、つれてきた子のひとりですが、その後、アイロナによる攻撃で足を撃《う》たれて、左足が不自由です」

「ニキランドからと、アイロナからと、二度も被害《ひがい》に？」

私《わたし》よりも四つも年下の、まだあどけなさの残る少女が。

「ええ。そんな目に遭《あ》ったのは、タオだけではありません。それで、自立をうながすために、腰織《こしお》り機による機織《はた》りを覚えられるようにしました。あまり幅《はば》の広い布《ぬの》を織ることはできませんが、マナト伝統《でんとう》の織物を習得しようと励《はげ》んでいます。タオはそのリーダー格《かく》です」

ここでは、二十人ほどの少女が、農作業の傍《かたわ》ら、織物を習っている。ほかの少女たちは、今、畑に出ているという。タオは足が悪いので、畑仕事は免《めん》じられているが、その分、織物に専念《せんねん》して、いくつかの新しい意匠《いしょう》を考案しているのだそうだ。

美香《みか》さんの言葉は、相変わらず淡々《たんたん》としたものだった。けれど、タオを見つめる目はとてもやさしかった。険《けわ》しく引《ひ》き締《し》まった顔でいることが多い人だが、こんな穏《おだ》やかな表情《ひょうじょう》を見せることもあるのだ。

「とてもきれいですね」

という私《わたし》の言葉が伝わったのか、タオはにっこりと笑った。くりっとした目の黒さが印象的な笑顔《えがお》。けれど負傷《ふしょう》したという足は、左右で太さが違っているように見える。

タオは、織《お》り機をはずして立ち上がると、足を少し引きずるようにして棚《たな》まで歩いていく。それから、一枚《まい》の布《ぬの》を手に取り、私たちがいるところまでもどってきた。タオが、私と向き合うように立った。十四歳《さい》という年齢《ねんれい》にしては、ずいぶん小柄《こがら》なようだ。見上げるようにして、私を見つめる。その深い目の色に、ふとたじろぎそうになるが、目を逸《そ》らすことができなかった。

タオが手にしていたのは、ブルーを基調《きちょう》とした幾何学模様《きかがくもよう》のスカーフ。やがてタオは、思い切り手を伸《の》ばして、ふわっと私の肩《かた》にかけた。それから、何事かささやく。意味のつかめない言葉は、祈《いの》りのように聞こえた。美香《みか》さんが、はっとしたような表情《ひょうじょう》で、私とタオを見比《みくら》べている。口を開きかけて何か言おうとしたが、言葉は出てこなかった。ガロウ君が、

「プレゼントです、和菜《かずな》さんに」

と言った。

「えっ?」

私《わたし》は三人の顔を順番に見回した。ありがとう、という言葉を、私はマナトの言葉で言った。それも、昨日、ガロウ君に習ったものだ。それから、

「写真を撮《と》ってもいいですか？」

と聞く。許可《きよか》を得て、建物の中とタオを撮った。また、礼を言ったあとで、私はこの少女に尋《たず》ねてみた。

「ここの暮《く》らしは、いかがですか？」

タオが何か答え、通訳《つうやく》のガロウ君が、かすかに首をかしげる。

「……空気がいいので、息がしやすい、そうです」

それは山地の澄《す》んだ空気を指しているのだろうか。それとも、とりあえずは、爆撃《ばくげき》と無縁《むえん》であることを指すのか。表情《ひょうじょう》からはわからなかった。

「織物《おりもの》は、楽しいですか」

はにかんだような笑《え》みとともに何か答える。

「楽しいそうです。纏《まと》う人を想像《そうぞう》しながら織《お》るのが、特に楽しいと言ってます」

「リュゴン市長は、どんな方ですか？」

タオがにっこり笑う。今度は歯を見せて。

「私《わたし》たちみんなの、父のような人、だそうです」

私は頷《うなず》いてから、

「モロフ氏を知ってますか？　見たことは？」

と、聞いてみた。なかなか実態《じったい》がつかめない英雄《えいゆう》、あるいはテロリストを、この少女はどう認《にん》識《しき》しているのだろう。

「知らない」

ガロウ君は、短く答えてから、美香《みか》さんに顔を向けた。

「美香さん、和菜《かずな》さんの写真、撮《と》ってもらっていい？　タオと一緒《いっしょ》」

ガロウ君の言葉に、美香さんを見る。

「ご安心を。ウェブに載《の》せたりしませんから。ただ、タオの作ったスカーフをかけたあなたを、画像《がぞう》に残してあげたいのです」

私が頷《うなず》くと、タオは細い腕《うで》を伸《の》ばして、肩《かた》にかかったスカーフの形を整えてくれた。シルクのように柔《やわ》らかくはないけれど、軽くて肌触《はだざわ》りがいい。

タオと二人並《なら》んで立つと、美香さんがカメラを向ける。ガロウ君が、私を見て、口を横に引くような動作をして言った。

「スマイル！　和菜《かずな》さん」

カシャッと美香《みか》さんがシャッターを押《お》す。うまく、笑えただろうか。

「ガロウ」

美香さんが呼《よ》びかけて、あごをしゃくる。どうやら、一緒《いっしょ》に並《なら》べということらしい。タオを真ん中において、三人で立つ。ほんの一瞬《いっしゅん》、タオとガロウ君の視線《しせん》が絡《から》んだように思った。

表に出たとたん、強烈《きょうれつ》な日差しに目がくらみそうになる。スカーフに汗染《あせじ》みをつけたくなくて、バッグにしまった。

細い道を歩いていくと、歌声が聞こえてきた。少し離《はな》れた畑で、人びとが歌いながら農作業をしていたのだ。大人の姿《すがた》もあったが、子どもの方が多かった。何も知らない人が見たら、のどかな農作業の風景でしかないだろう。子どもたちも、はしゃぐように声をあげて作業をしているけれど、孤児《こじ》も少なくないのかもしれない。

大人は女の人ばかりだった。歌の内容《ないよう》はまったくわからないけれど、かけあいのように交《か》わす歌は、陽気で楽しげだった。もしかしたら、こんな風景は、かつては日本にだってあったのかもしれない。歌いながら働くなんてことを、多くの人は、とうに忘《わす》れてしまったようだけれど。

私《わたし》は一人の女性《じょせい》に声をかける。

「何を育てているのですか？」

返された言葉を、ガロウ君が伝えてくれた。

「麦、トウキビ、野菜、だそうです」

「だんだん畑」

大きさも形も統一《とういつ》されていない段々《だんだん》になった畑地を見下ろしながら、日本語でつぶやいた。山々と田畑。祖母《そぼ》に言わせれば、それこそが日本の原風景だ。それは、こういう景色なのだろうか。とはいえ、今となっては、日本のどこに行けば見られるのか、わからない。日本の食《しょく》糧《りょう》自給率《じきゅうりつ》は低下の一途《いっと》にある。

ガロウ君が、女性たちと私にはわからない言葉を交《か》わしながら、にこにこ笑っている。穏《おだ》やかな横顔に、昨日見た少年兵の顔が重なる。言葉が出てこない。ふいに私の方を見て、ガロウ君が、

「和菜《かずな》さん、写真見た？　ぼくの」

と言った。足が止まった。目を見開いて、ガロウ君を見つめる。ガロウ君は、目を細めて笑っ

た。

「やっぱり。でも、オーケー、大丈夫《だいじょうぶ》」

「たいへんな思いをしてきたんだね。私《わたし》なんか、本当に苦労知らずで」

「苦労知らない方がいい。苦労してないこと、和菜《かずな》さんのせいじゃない」

「……銃《じゅう》は、重かった？」

「とても。いや、軽い。軽いことが重い。だれでも簡単《かんたん》に使える。だから、世界中で、少年兵、増《ふ》えた。モロフ軍の兵士が、銃の撃《う》ち方《かた》、教えた。ぼくは、すべてを憎《にく》んだ。アイロナだけじゃなくて、世界中を。だから、銃がうまくなった。けど、アイロナに攻撃《こうげき》をしかける予定の日、熱を出した」

「それで、攻撃できなくなったのね」

「そう。そのあとで、長老……リュゴン市長と会った。その時はまだ、市長じゃなかったけど。あの頃《ころ》は自分の心に、猛獣《もうじゅう》がいたんだ。ぼくは、リュゴン市長に銃を向けた。でも、リュゴン市長は逃《に》げなかった。つらかったろう、と言った。リュゴン市長と会わなかったら、ぼくは、死んでいた。たとえ、生きていても、死んでいた。ぼくは、ラッキーだった」

「ラッキー？」

「そう。リュゴン市長や、美香《みか》さん。希望をくれた。それに、タオに……タオたちに、会えた」

並《なら》んで写真を撮《と》った時の、ガロウ君の表情《ひょうじょう》を思い起こす。なんともやさしげな目で、タオを見ていた。

「……銃《じゅう》は？」

「捨《す》てた。でも、時々、夢《ゆめ》を見る。銃口《じゅうこう》がぼくに向いている夢。それから、銃口を向けて引き金を引く、夢」

「つらいね」

「はい、でも、大丈夫《だいじょうぶ》。ぼくは強いから」

「モロフ軍は強いの？」

「強い。恨《うら》みがある。恨みは強くする。それは、リュゴン市長の言葉。でも、もっと強いのは、武器《ぶき》を捨てることだって、長老は言うけれど」

「モロフ氏に会ったことはある？」

「ない」

「姿《すがた》を見たことも？」

「ない。モロフ将軍《しょうぐん》は、今日はこっち、昨日はあっち」

アムイさんが、風みたいな人と言ったことを思い出す。アイロナがテロリストと怖《おそ》れるモロフ氏のことは、ここでも、実態《じったい》はさっぱりつかめないままだ。

女性《じょせい》たちが歌う歌の曲調が変わる。

「これは、農作業のつらさを歌ってる。でも、家族のためにがんばる、そんな歌」

とガロウ君が教えてくれた。

斜面《しゃめん》の多い土地での農作業は、楽ではないだろう。この風景を、郷愁《きょうしゅう》として語るのは間違《まちが》っているのかもしれない。けれど、働く人びとの陽気な歌は、やはり、ここに人間の暮《く》らしがあるのだと、実感させてくれる。

そうと知りつつ、私《わたし》はあえて、無粋《ぶすい》な問いかけをする。

「あなたは方は、モロフ将軍を知ってますか？」

ところが……。一人の女性が何か答えて、あたりにどっと笑いが広がった。なんと言ったの？　という風に、ガロウ君を見ると、顔を少し赤らめながら通訳《つうやく》してくれた。

「前に、同じことを聞かれたから、あたしがこの腕《うで》で包んで一緒《いっしょ》に寝《ね》た男が、そんな名前だったかもしれない、と答えたよ、と言ってます」

私《わたし》は別の問いを投げかける。

「あなた方は、平和を望んでますか？」

「いったいなんだい？　その平和って」

陽気な声の調子を変えずに、そう問い返され、私は、次の言葉が出なかった。

美香《みか》さんに、

「そろそろ行きましょう」

とうながされて、私は慌《あわ》てて女性たちに、頭を下げてから歩きだす。

農地を一巡《ひとめぐ》りしてから、来た道を下り始める。はずかしいことだけれど、ふくらはぎが筋肉《きんにく》痛《つう》で、下りの方が歩きづらかった。遅《おく》れがちになる私を気遣《きづか》うように、ガロウ君が隣《となり》を歩く。

宿泊所《しゅくはくじょ》にもどってからの遅《おそ》い昼食には、なんとご飯が出た。といってもジャポニカ米ではないし、野菜や肉の入ったピラフ風のもの。味よりも、アムイさんの気持ちがありがたかった。

紛争地《ふんそうち》では、人びとの様子はもっとぎすぎすしているのかと思ったが、アムイさんも、タオも穏《おだ》やかな表情《ひょうじょう》をしている。と、そんなことを言うと、美香さんがかすかに肩《かた》をすくめた。

「深い絶望《ぜつぼう》に沈《しず》んでいる顔もどれだけ見たことか」

「すみません」

「そんな意味じゃありません」

美香《みか》さんは、相変わらずの丁寧《ていねい》言葉で言って、笑った。私《わたし》よりもずっと年上なのに。それでも、二日前に会った時に比《くら》べて、笑顔《えがお》を見せることが増《ふ》えたような気がする。目尻《めじり》の皺《しわ》を、ふと美しいと思った。

「あの、犠牲者《ぎせいしゃ》ってどれくらいなんでしょうか。ネットの情報《じょうほう》、幅《はば》がありすぎで」

「リュゴン市長に聞いてみては？」

「犠牲者を多めに見積もることは、ありませんか？」

「それも含《ふく》め、あなたの判断《はんだん》です」

また、突《つ》き放《はな》された。少し親しみを感じたかと思うと逃《に》げられる。美香さんのことをもっと知りたいのに、超《こ》えられない一線があるようで、なかなか近寄《ちかよ》れない。

七

夕刻《ゆうこく》、私《わたし》と美香《みか》さんは、庁舎《ちょうしゃ》に向かった。

その中にある小さな会議室は、さすがに昨日の窓《まど》のない部屋よりは快適《かいてき》だった。ここもエアコンはなかったが、さほど暑さは感じない。私は、タオのスカーフを取りだして、首に巻《ま》いた。

私と美香さんが、その部屋で待っていると、約束の時間より十分ほど遅《おく》れて、リュゴン市長が入ってきた。

髭《ひげ》はない。長身でもない。むしろ小柄《こがら》で痩《や》せた男性《だんせい》で、ネットで見つけた画像《がぞう》とは似《に》ても似つかなかった。褐色《かっしょく》の肌《はだ》に白髪混《しらがま》じりの短い髪は、どこか、前世紀にアパルトヘイトと闘ったネルソン・マンデラを彷彿《ほうふつ》させる。服装《ふくそう》は、かっちりとした軍服や背広《せびろ》などではなく、沖縄《おきなわ》のかりゆしのような、ゆったりとしたシャツを纏《まと》っていた。ニキランド連邦《れんぽう》共和国からの独立《どくりつ》運動時、非暴力《ひぼうりょく》を貫《つらぬ》き、アイロナのガンジーと言われたこともあるというリュゴン市長は、

にこやかな笑顔《えがお》を向けて、私《わたし》に手を差し出すと、

「やあ、よくいらっしゃった。会うのを楽しみにしてましたよ」

と、癖《くせ》のある英語で言った。ほんの一瞬《いっしゅん》、リュゴン市長の目が、タオのスカーフに止まった気がした。

「初めてお目にかかります。平安《へいあん》コーポレーションの平井和菜《ひらいかずな》です」

「どうぞ、お座りください」

その言葉は、もう英語ではなく、私はその後はすべて、美香《みか》さんの口を通してリュゴン市長の言葉を聞くことになった。やがて、アムイさんに似《に》た雰囲気《ふんいき》の女性《じょせい》が入ってきて、お茶を私たちの前に置くと、そのまま出ていった。

「率直《そっちょく》にうかがおう。昨日と今日と、この地域《ちいき》を見て、どんなことを感じましたかな」

「そうですね。正直に申し上げると、とても混乱《こんらん》しています。事前に得た情報《じょうほう》とは、いろいろ違いもありますので」

「たとえば?」

「市長ご自身についても。これは、事前というわけではありませんが、ネットのお写真は、長身で口ひげの方でした」

リュゴン市長は少し愉快《ゆかい》そうに笑った。

「アイロナという国自体が、世界中から見捨《みす》てられたも同然の国です。マナトはそんな国の辺境《へんきょう》です。だれも、関心など持ちませんでした。大麻《たいま》プランテーションの話が、立ち上がるまでは。今日は、ちょっとばかし、老人の繰《く》り言《ごと》につきおうてもらおうと思いましてな。そのかわりに、マナトの伝統《でんとう》的な食事を用意しました。ささやかなものですがな」

「アイロナの要求は、いつお伝えしたらいいのでしょう」

「ああ、それは聞かないでもわかってます」

「けれど……」

口を開きかけた私《わたし》を、軽く手を挙げてリュゴン市長は遮《さえぎ》った。

「平井《ひらい》さん、わしは、あなたのスピーチを聞いた。世界に、平和をもたらすために活動をしたい。すばらしいスピーチでした。何よりも、目がいいと思った。濁《にご》りのない目だと思いました」

「…………」

「この地の紛争《ふんそう》には、早晩《そうばん》、ピースアクションが乗り出すだろうことはわかっていました。それで、先手を打ったというわけじゃな。幸い、アイロナは、ニキランド連邦《れんぽう》共和国からの独立《どくりつ》時に平安《へいあん》コーポレーションの仲介《ちゅうかい》を得て、好印象を持っておったから、わしの提案《ていあん》に反対せんかった」

私《わたし》は無言で頷《うなず》いた。

「わしらはここで、従来《じゅうらい》の生き方を貫《つらぬ》きたいと思っている。が、それは許《ゆる》されないと、アイロナはいう。アイロナだけではない、世界中の国がそう考えているのだろう。だからこそ、この被害《ひがい》を黙殺《もくさつ》した。世界を支配《しはい》するグローバル企業《きぎょう》にあっては、それに組《く》み込《こ》まれることに抗《あらが》う、ちっぽけな地域《ちいき》など、踏《ふ》みつぶしても何の痛痒《つうよう》も感じないだろうから」

私は、リュゴン市長が何を言いたいのか、わからないまま、再《ふたた》び相手が口を開くのを待った。

「PAは、さぞかし苦々しく思っているだろう。自分を飛《と》び越《こ》えて、平安コーポレーションが動いたことも、社主の娘《むすめ》とはいえ、若《わか》い女性《じょせい》が調停員となったことも」

「どういうことですか?」

「あなたのような立場の人には、ニュースバリューがある、ということですよ。今、あなたが何を発信するか、注目している人は少なくないでしょう」

顔が火照《ほて》った。つまりそれは、私が、若《わか》さと未熟《みじゅく》さゆえに、利用されたということだろうか。

私《わたし》はようやく理解《りかい》した。私の価値《かち》は、若《わか》いということ（そしてある種の保守的《ほしゅてき》な人にとっては、女性《じょせい》であるということ）だけ。業務《ぎょうむ》への期待ではない。

つまり、子どもの使いのようなものであることは、最初からこの人にとって想定内だったということだ。いや、この人だけではない。アイロナもそうだろうし、たぶん、父や竹中《たけなか》さんだって、そのことがわかっていないはずはない。

「……私は、利用されたわけですね。プロパガンダに」

声がかすれた。悔《くや》しかった。

「だれもが、利用できるものは利用します。運動も、政治《せいじ》も」

相変わらずの温和な表情《ひょうじょう》だった。ガロウ君が心の底から尊敬《そんけい》している男。でも、わからなかった。もしかしたら、この人は、みなに慕《した》われる市長などではなく、したたかで老獪《ろうかい》な政治《せいじ》家《か》なのかもしれない。

「市長は、ニキランドからの独立《どくりつ》に、アイロナ側として、力を発揮《はっき》されたとうかがいました」

「力。そう、金は使いましたな。何しろ、私の家は、地域《ちいき》の名士で、富豪《ふごう》でもありました」

リュゴン市長は笑った。

「それなのになぜ、アイロナと対立することになったのでしょうか」

「簡単《かんたん》なことです。アイロナが、ニキランドと同じことをしようとした」

「同じ、こと？」

「マナト地区を、先進国の資本《しほん》に売《う》り渡《わた》して、ここにプランテーションを作ることです」

「大麻《たいま》の、ですか？」

「そう。ニキランドは、いわば非合法《ひごうほう》に。アイロナは合法的に。だが、わしらにとっては同じことです。元からある暮《く》らしが奪《うば》われる」

「…………」

「あなたには、ニュースバリューがあると言いました。だが、わしは、あなたのスピーチには感服した。十代とは思えない堂々としたものでした。平和を望み、世の不公正を正そうという思いに偽《いつわ》りはない、と。たとえ、あなたの親が、ＰＡ傘下《さんか》の企業《きぎょう》のオーナーであったとしても」

「ＰＡは、いけませんか？」

ＰＡは、平和創設《そうせつ》産業だ。たしかに、企業内に軍事部門を持ってはいるが、平和維持《いじ》活動に軍備《ぐんび》は必要不可欠《ふかけつ》なのが実情《じつじょう》だ。

「武力《ぶりょく》は、何も生まない」

「でも、マナトもまた、アイロナに攻撃《こうげき》をしかけました。被害《ひがい》の大きさは比べられないほど、違《ちが》っていたとしても」

「マナトも一枚岩《いちまいいわ》ではない。それは当然のことでしょう。どの世界にも、武張《ぶば》ったはねあがりはいるものだ。しかし今は、マナトのほとんどの人は、これ以上の争いを望んではいない。とはいえ、ここにプランテーションを作らせるわけにもいかない」

「では、モロフ氏の引《ひ》き渡《わた》しは？」

「それは、難《むずか》しい」

「モロフ氏に会いたいのですが、それも難しいでしょうか。市長とは、お立場を異《こと》にしているとは思いますが、マナトの人びとに大きな影響力《えいきょうりょく》を持っている人物と聞いてます。ただ、情報《じょうほう》が不足していて、モロフ氏の実像《じつぞう》がまったくつかめません。経歴《けいれき》も出自も、わからないままですし、年齢《ねんれい》さえ諸説《しょせつ》があります。実際《じっさい》、どんな人物なんでしょうか」

「一連の攻撃《こうげき》が、モロフの名においてなされたことに間違いはない。だが、わしはモロフという人物に会ったことはない」

「本当に？」

不思議なことだった。アイロナが引き渡しを求めているほどの大物で、この地域《ちいき》のリーダーである人間と面識《めんしき》がないとは。

「マナトにも、最初から武装派《ぶそうは》はいた。若《わか》い者たちは、アイロナの専横《せんおう》に我慢《がまん》がならなかったから、非暴力《ひぼうりょく》を唱《とな》えるわしを詰《なじ》ったものよ。それも理解《りかい》はできる。大切な人を奪《うば》われたのだから、報復《ほうふく》したいと思ったとて、不思議はない。そんな若者の中で、モロフは台頭してきたと言われている。議会にも支持《しじ》する者はいる。議会の四分の一は、モロフ派を名乗っている。しかし、わしは、まったくモロフのことは知らない」

「まさか、だれかがモロフという名を騙《かた》っているなどということはないでしょうか」

「どうかのう。そんな発想は、マナトの住民らしくないことだが」

市長の様子は、とぼけているというわけではなさそうだった。

「たしかなことは、こたびの停戦協議に関しては、市長であるわしに、議会は全権《ぜんけん》を与《あた》えたということじゃよ。モロフ派も含《ふく》めて、な。つまり、もう、だれもが、争いごとはこりごりだと思っている、ということだ。いいかね。大方のマナトの人びとの望みは、ここで今までどおり暮《く》らしを続けることだ。マナトは豊《ゆた》かさから取り残された小さな地域《ちいき》にすぎん。だが、豊かではないが、食うに困《こま》ることはない。もちろん、あなたのような先進国の人間からすれば、遅《おく》れた地域に見えるだろう。それに、わしのような者の考えは、時代遅れで、今は通用しないものなのだろうということは、自分でもわかっている。世界はとうに国境線《こっきょうせん》など意味を失っているる。国などというのは、せいぜいが、オリンピックで、メダルの数を競《きそ》うほどの意味しか持たないこの時代に、国だ地域《ちいき》だと主張《しゅちょう》すること自体、ばかげているのかもしれない」

「国への帰属意識《きぞくいしき》は、けっこう根強いものだと思いますが」

「たしかに、どの国も、人びとを国という入れ物にしばりつけるために、ナショナリズムをあおる。だが、どうだ。世の中には、このマナト特別市の予算はおろか、アイロナの国家予算をもしのぐほどの資産《しさん》を持つ個人《こじん》がいくらでもいる。今の世界で際立《きわだ》つのは、国をまたいで活動する裕福《ゆうふく》な企業《きぎょう》と、貧《まず》しい者たちなのだ。本当の野心家は、国家元首になるよりも、グローバル企業の社長になりたいと思うだろう。その方が大きなことがやれるし、金も得られる」

市長が一度言葉を切って、お茶を口に含《ふく》む。私《わたし》は、何も言えなかった。黙《だま》ったまま、再《ふたた》び、相手が話しだすのを待つ。

「本来、一人一人がどう生きるかということは、おのおのが選ぶことのはずだが、そうした個々《ここ》の意志《いし》も、踏《ふ》みつぶしていく。グローバル資本《しほん》という名前の怪物《かいぶつ》が。そうした抜《ぬ》け目《め》のない者たちのおかげで、わしらは、その土地土地に根づいた産業を失い、暮《く》らしはずたずたにされる。このだんだん畑の山国で、静かに麦と野菜と麻《あさ》を作り、鳥と豚《ぶた》を飼《か》いながら、自足した暮《く》らしをしてきた。それはもう許《ゆる》されないというのか。なぜ、ここに住む者たちが、自分でなりわいを選び、自分で望むように暮らすことができないのか」

リュゴン市長の言葉には静かな憤《いきどお》りがあった。それを、美香《みか》さんはただ淡々《たんたん》と英語にしていく。それにしても、なぜ、こんなことを私《わたし》に聞かせるのか。私は、真《ま》っ直《す》ぐにリュゴン市長を見た。ふと、悲しそうな目をしていると思った。また、リュゴン市長が口を開く。

「いや、ここの若者《わかもの》とて、もう、こんな老いぼれの言うことなど聞かぬだろう。銃《じゅう》を取りたがる者はいつの時代にもいる。敵《てき》を撃《う》つためだけでない。他国の紛争《ふんそう》で、傭兵《ようへい》として戦うために、国を出た者もいる。マナトでも、アイロナでも。国のためでなどあろうはずはない。兵を集めたのはＰＡだ。そして、各国の軍が払《はら》い下《さ》げた旧式《きゅうしき》の武器《ぶき》を与《あた》えられる。使われなければ、武器や弾薬《だんやく》の更新《こうしん》もできまい。なぜ戦うか。一つは、金がほしいからだ。昨日、コラプ地区に行ったそうだが、どう思われた？」

ふいに問われて、意味をはかりかねながらも、

「映像《えいぞう》で見た、津波《つなみ》や竜巻《たつまき》のあとを思い出しました。もっとも、コラプに起こったことは天災《てんさい》ではありませんが……」

と、答える。リュゴン市長が微笑《ほほえ》んだ。

「あなたの国は、森林資源《しげん》が豊富《ほうふ》だと聞いている。家は木造《もくぞう》ですか」

「昔はそうでしたが、今は、鉄骨《てっこつ》や鉄筋《てっきん》を用いた集合住宅《じゅうたく》が多いです」

「コラプ地区は石造《いしづく》りの家がかなりあったでしょう」

私《わたし》は頷《うなず》いた。瓦礫《がれき》の連なる様子からは、なかなか元の姿《すがた》は思《おも》い描《えが》けないけれど、木造家屋が、このあたりより少ないのは間違《まちが》いないだろう。

「昔は、どの家も木造だった。金のある者が石造《いしづく》りの家に住み始めた。つまり、そのまま、財《ざい》力《りょく》の差を表しているというわけじゃよ。財力の差は、マナト内の対立を生んだ。わしは、この地域《ちいき》の人びとを素朴《そぼく》で善良《ぜんりょう》だなどという気は毛頭ない。人は簡単《かんたん》に金の力に屈《くつ》する」

「…………」

「そしてもう一つは、これもたいへん残念なことだが、闘《たたか》いにかりたてるものが、わしら人間の中にはあるのだろう。それは、現実《げんじつ》の闘いの場にあって、ますますエスカレートする。人は目を覆《おお》いたくなるような残虐《ざんぎゃく》にも慣《な》れてしまう。自ら進んで荷担《かたん》もしていく。その結果、どうなるか。心が壊《こわ》れた者がどれほどいたか。その連鎖《れんさ》は、断《た》てぬ。人はいったい、争いから何を学んできたのだろう。その争いにさえ、大義名分《たいぎめいぶん》として平和が使われる。平和のために、闘う？　平和とは、闘わないことではないのか？」

相変わらず、言葉が出てこない。これまで考えていた、国際貢献《こくさいこうけん》というものの概念《がいねん》がこわれていくような気にさえなった。

私《わたし》はこれから、何をすればいいのだろう。

「やりきれない話は、これくらいにしましょう。そろそろ、晩餐《ばんさん》の時間ですから」

うながされて、部屋を移動《いどう》する。中に、食堂があるという。

贅沢《ぜいたく》ではないが、宿泊所《しゅくはくじょ》の食事よりはかなり品数の多い料理が運ばれてきた。細かく切った青菜の浮《う》いたスープ。薄《うす》いパンケーキのようなもの。小麦とコーンが材料らしく、ほのかに香《こう》ばしいにおいがする。香草《こうそう》と一緒《いっしょ》に蒸《む》した鶏肉《とりにく》。ゆでた野菜、焼いた川魚。リュゴン市長は、手本を見せるように、パンケーキに肉などを載《の》せ、くるんでから直《じか》に口に運ぶ。私は、美香《みか》さんが同様にしているのを見てから、二人をまねて食べた。どれも素朴《そぼく》な味だった。

食後に、コーヒーが出た。美香さんがいれてくれたのとは違《ちが》って、酸味《さんみ》が効《き》いたもの。別の味わいがあっておいしかった。少し気分がくつろいだ私は、ガロウ君のことを聞いてみたくなって、話題にのせた。

「ガロウ君は、市の職員《しょくいん》だとうかがいましたが」

「ガロウは、働きながら学んでいます。頼《たよ》れる親もおりませんので」

「あなたに出会って救われたと、言ってました」

「それは、違《ちが》う。わしはだれのことも救ったりなんぞできない」

「けれど、美香《みか》さんの撮《と》った写真を見て、驚《おどろ》きました。人は、こんなに顔つきが変わるのだと」

「あの子を変えたのは、タオかもしれない」

つぶやくような言葉。私《わたし》は午前中に会った少女の、すいこまれるような瞳《ひとみ》を思い出した。それから、並《なら》んで写真を撮《と》る時にタオに向けた、ガロウ君の柔《やわ》らかな笑顔《えがお》がよみがえる。ともに戦災孤児《せんさいこじ》となった少年と少女の間に、どんな物語があったのか。興味《きょうみ》はあるが、詮索《せんさく》はすまい。


会食が終わって、宿泊所《しゅくはくじょ》へともどると、アムイさんが笑顔でなにか言った。「きれい」という言葉が入っていることはわかった。

「タオのスカーフを褒《ほ》めてます。それから、今、お茶をいれてくれるそうです」

と美香さんが教えてくれた。はっとして顔を上げ、アムイさんの背《せ》を目で追ってから、スカーフを見る。

食堂の椅子《いす》に、美香《みか》さんと向き合って座《すわ》る。

「自分が何のためにここに来たのか、わからなくなりました」

答えは返ってこなかった。アムイさんがお茶を持って現《あらわ》れ、私たちの前に置くと、すぐに奥《おく》へと引《ひ》っ込《こ》んだ。一口お茶を含《ふく》んでから、美香さんが、ぽつんと言った。

「スカーフ、私《わたし》も、よく似合《にあ》ってると思いますよ」

日本語だった。

「タオ、きれいな目をしてました」

「ええ。でも、怖《おそ》ろしい少女ですよ」

「怖ろしい？」

「ふと、心が見透《みす》かされる気になる。口数は少ないのに」

「ガロウ君を救ったって、言ってましたね、市長が」

「工房《こうぼう》のある集落が、まったく攻撃《こうげき》されなかったのは、単に山奥《やまおく》だからではありません」

「えっ？」

「あまり上品とは言えないジョークを聞いたでしょう。あの集落は女子どもが多いから、モロフ派《は》を名乗る男が、子どもをさらおうとしたこともあるし、アイロナの潜入《せんにゅう》部隊が、モロフの探索《たんさく》にやってきたこともある。けれど、だれもがあの女性《じょせい》たちに手だしはできません。銃《じゅう》をつきつけられても歌う。朗《ほが》らかに。アイロナの兵が潜入《せんにゅう》した時、たまたま居合《いあ》わせたガロウが向き合いました。思わず銃《じゅう》を手にとって。その前に立ったのが、タオでした。兵は、タオに見つめられて、すごすごと引き下がったそうです。私《わたし》はそれを目撃《もくげき》したわけではないけれど」

「……………」

「もちろん、偶然《ぐうぜん》のできごとかもしれない。運がよかったにすぎないのかもしれない。けれど現《げん》に、女たちは、幾度《いくど》となくつきつけられた銃口《じゅうこう》を退《しりぞ》けているのです。信じますか、こんな話」

私は返事ができなかった。信じるとも信じないとも言えなかったのだ。ただ、あの足の悪い少女の、すいこまれそうな黒い瞳《ひとみ》を思い浮《う》かべる。それに、陽気な女たちの歌が重なる。ずいぶんいろんなものを見た。いろんな人に会った。けれど、私の頭はますます混乱《こんらん》していた。

「タオが、あなたにスカーフを渡《わた》した時、正直いって、ちょっと驚《おどろ》きました」

「驚いたとは？」

「あなたを受け入れたということだから」

受け入れた？　だとすればどうして？　わからなかった。でも、あの時、スカーフをかけられたとたんに、温かな空気に包まれた気がする。スカーフを肩《かた》にかけてくれたタオの細い腕《うで》と、静かな笑顔《えがお》がよみがえった。なぜだか、泣きたい気持ちになった。ふと、言葉なんていらなかったのかもしれない、という思いがよぎる。鼻の奥《おく》がつんとして、目頭《めがしら》の間を指でつまむ。

タオもガロウ君も、私《わたし》より若《わか》いけれど、ずっと過酷《かこく》な体験をしてきた。そんな彼《かれ》らに励《はげ》まされるなんて……。

「私は何もわかってません。マナトのことだけでなく。紛争《ふんそう》で死ぬことも。だれかを失うことも。体を損《そこ》なうことも、家を奪《うば》われることも」

「当たり前です、まだ大学生にもなっていないあなたが、何もかも、知っているはずはない。残念ながら、人は生まれる場所も時間も自分では選べません。いくらあなたが心を痛めても、タオやガロウと入《い》れ替《か》われるわけではない。でも、あなたが何も知らない若者《わかもの》だからこそ、調停者として意味があったんです。そのことは、あなたもわかったでしょう」

「はい。自分が、無力だなと思い知らされました」

「リュゴン市長がただの善良《ぜんりょう》なリーダーのはずはありません。非暴力《ひぼうりょく》を貫《つらぬ》くことは、暴力に頼《たよ》るよりずっと困難《こんなん》です。その闘《たたか》いをしてきた人ですから。だからこそ、私は、リュゴン市長の非暴力に興味《きょうみ》を持ちました。そこは徹底《てってい》しています。曲がりなりにも私が市長の信頼《しんらい》を得たのもまた、同じ理由でしょう」

「丸腰《まるごし》……」

「そう。今のあなたも同様ですね。PAなら、ありえない。第三種とはいえ、紛争地《ふんそうち》に護衛《ごえい》もつけないなんて」

「でも、調停ですから」

ふっと美香《みか》さんの口元が緩《ゆる》む。

「それは建前《たてまえ》というものでしょう。おそらく、アイロナ国内の内紛《ないふん》調停に、PA傘下《さんか》の日本企業《きぎょう》の、それも十七歳《さい》の女性《じょせい》が着手しているということは、ネット上で小さなニュースにはなっているはずです。スピーチフェスティバルでのあなたの評価《ひょうか》は高かったから、あなたの名前は、各国のNGOなどにも知られている。注目している人もいるでしょう」

だれが、何のためにと問うことに、もはや意味はない。私《わたし》の若《わか》さ、つまり未熟《みじゅく》さそのものが〝価値《かち》〟になるのだと、指摘《してき》されたばかりだ。

「PAに手厳《てきび》しかったですね。リュゴン市長も」

美香さんはまたちょっと笑った。

「ずいぶん控《ひか》えめだと思いましたよ、私からすれば。あなたは、ＰＡの本当の姿《すがた》をご存《ぞん》じないようですけど」

「本当の、姿《すがた》？」

「地球上では、戦争はなくなりました。なぜならば、国家間の武力紛争《ぶりょくふんそう》であっても、宣戦布告《せんせんふこく》が行われないものは、国際《こくさい》法上の戦争とはいえないから。そのことは、あなたも十分おわかりでしょう。ですから、今世紀初めのアフガンへの武力介入《ぶりょくかいにゅう》も、イラク戦争も、その意味で、戦争ではありません。それどころか、最近では、国家間の武力紛争さえ、ほぼ消滅《しょうめつ》していきます。企業《きぎょう》がグローバル化した今、主な利害対立は国家間にはありません。かつて、核兵器《かくへいき》を含《ふく》め、国家が所有していた大量の武器《ぶき》は、どうなったと思いますか」

「核兵器は、不拡散条約《じょうやく》が徹底《てってい》されて国連監視団《かんしだん》の監視のもと、所有国が厳重《げんじゅう》に管理しているると聞いています」

「核兵器はね。けれどほかの武器はどうでしょうか。国家はとうに、持ちきれなくなっているんですよ。相対的に国家の財力《ざいりょく》は落ちていますから。それで、どうなったか。国は核兵器以外の武器を民間の軍需《ぐんじゅ》産業に、かなり安い価格《かかく》で払《はら》い下《さ》げました。ＰＡも武器を引き取っています」

「PAは、たしかに武器を所有していますが、平和維持《いじ》活動のための最低限《さいていげん》のものでしょう。軍事会社ではありません」

「マナトの一部の人が、アイロナにゲリラ的な攻撃《こうげき》をしかけたことは間違《まちが》いありません。報復《ほうふく》という名目でしたが。彼《かれ》らは武器はどこから入手したか。PAの子会社です」

「…………」

「アイロナもまた、PAの系列《けいれつ》会社から武器《ぶき》を購入《こうにゅう》しています。財力《ざいりょく》のない小さな離島《りとう》国家ですから、どちらも入手したのは旧式《きゅうしき》のものですが。自分で武器を提供《ていきょう》したところ同士が争う場に乗《の》り込《こ》んで調停をして、平和を創出《そうしゅつ》したと宣伝《せんでん》する。それが、グローバルな国際貢献《こくさいこうけん》の看板《かんばん》を掲《かか》げる企業《きぎょう》の実態《じったい》です。軍事行動そのものが、平和のためにという名目で行われる。武器だけの話ではありません。国家レベルの軍縮《ぐんしゅく》が進んだ今、平和維持軍として紛争地《ふんそうち》に乗り込んで戦《たたか》うのが、各国の軍隊ではないことはご存《ぞん》じでしょう」

「民間会社の、傭兵《ようへい》ですか」

国家の軍事予算が縮小《しゅくしょう》しているのは世界的な流れだ。しかし、世界が保有《ほゆう》する武器は減《へ》っていないし、日本でも、兵器輸出《ゆしゅつ》は拡大《かくだい》している。かつて大国の軍隊のエリートだった者は、軍事会社に天下り、世界中から集まってくる若者《わかもの》に軍事訓練を施《ほどこ》す。その話を聞いた時、コミック・アニメ美術館《びじゅつかん》で見た、前世紀の『鉄人28号』というマンガを連想した。鉄人は、リモコンを持つ人によって動かされるから、正義《せいぎ》の味方にも、悪の手先にもなる。鉄人に心はない。傭兵《ようへい》に主張《しゅちょう》はない。それとも、中には宗教《しゅうきょう》や主義《しゅぎ》といった信念に基《もと》づいて、闘《たたか》う人もいるのだろうか。

「軍事のアウトソーシング化は、ますます進んでいます。ここ、マナトは、のどかな自給自足の暮《く》らしをしてきました。貧《まず》しくとも餓《う》えるほどではない。そんな穏《おだ》やかな日々だったのです。地形から港ができなかったことも幸いしたのかもしれません。ですから、アイロナが独立《どくりつ》戦争を闘っていた時も、一部をのぞけばのんびりと暮《く》らしていた。そのマナトの人に、武器《ぶき》の扱《あつか》いを伝授《でんじゅ》したのは、外国の傭兵です」

「いったいだれが雇《やと》ったのですか?」

美香《みか》さんは首を横に振《ふ》った。

「それはわかりません。紛争《ふんそう》の背後《はいご》にだれがどんな思惑《おもわく》でいるのか、完全に理解《りかい》している人が果たしているのかどうかも。ただ、私《わたし》は、あなたの父上の会社のこれからが心配です」

「平安《へいあん》コーポレーションの、ですか?」

「掲《かか》げている主な業務《ぎょうむ》その二。紛争解決《かいけつ》のための手段《しゅだん》として、航空機、船舶《せんぱく》などを運航いたします。これに付随《ふずい》して、武器や戦闘機《せんとうき》、そして兵の輸送《ゆそう》などを行っていることは論《ろん》を待ちません。そして、その三。紛争解決《ふんそうかいけつ》のための機器類等を販売《はんばい》・貸与《たいよ》いたします。この機器類等に、今のところ、武器弾薬《だんやく》は含《ふく》まれてません。しかし、いつでも武器を含《ふく》めることを可能《かのう》にする言葉です。たしかに、歴史的な経緯《けいい》もあって、日本では軍事を標榜《ひょうぼう》した企業《きぎょう》はそれほど多くはありません。派遣兵《はけんへい》として戦闘行為《せんとうこうい》に加わる日本人も、先進国の中では少ないでしょう。でも、平安《へいあん》コーポレーションでも、失業者や、短期間に高収入を得ようとする若者《わかもの》、元自衛軍だった人間を、軍事会社に斡旋《あっせん》しています。それに、PAからは、もっとさまざまな形で武力的貢《ぶりょくてきこう》献《けん》をするよう、相当な圧力《あつりょく》を受けているはずです」

　そうなのだろうか。にわかには信じられなかった。けれど、美香《みか》さんが、いいかげんなことを言う人とは思えない。私《わたし》はいったい、父の会社のことを、どれほど正確《せいかく》に理解《りかい》していたのだろうか。

「美香さんは、なぜそんな話を私に？　私は、平安コーポレーションから派遣されてきているのに」

「聞きたくはなかった？　お気に障《さわ》りましたか？」

「そういうわけでは、ありませんが。ただ、父は私には……」

「会社の暗部を語らなかったとしても、不思議はありません。でも、そうしたことに目をふさぐ人ではないと思いました」

目が合った。切なそうな、でも私をどこかいたわるような、柔《やわ》らかな表情《ひょうじょう》をしていた。

「なぜ、そのように?」

「さあ、タオのせいかもしれません。そろそろ、休みましょう」

八

七月十日（木）。

窓《まど》の外には真っ青な空が広がっている。今日も暑くなりそうだった。

朝食の時、アムイさんがぽつりと、

「午後、にわか雨が降《ふ》るかもしれません」

と言った。外は、その言葉が信じられないくらい晴《は》れ渡《わた》っていた。

朝九時に宿泊所《しゅくはくじょ》を出発して、庁舎《ちょうしゃ》に向かう。少し頭痛《ずつう》がした。寝不足《ねぶそく》のせいだろう。

「書類を作成しました」

歩きながら私《わたし》は美香《みか》さんに告げた。

「ああ。手動タイプね。あの骨董品《こっとうひん》を使えるとは」

「すみません。うるさかったですか?」

「大丈夫《だいじょうぶ》。私《わたし》は相当うるさくても寝《ね》られるから。でもあれを使うのは、私でもごめん」

「キーの重さにびっくりしました。早く打つとひっかかるし。でも、カーボン紙って、けっこう写るんですね」

十時に、昨日会談したのと同じ場所で、リュゴン市長と会った。一通り挨拶《あいさつ》をすませた後、私から切り出した。

「ここの現況《げんきよう》への理解《りかい》。それがリュゴン市長が求めたものでした。おかげで、とても濃密《のうみつ》な時間を過《す》ごすことができました。それで、私の方から、いくつか確認《かくにん》させていただきたいことがあります」

「なんでしょうか」

「大麻《たいま》プランテーションを撤回《てつかい》し、広範《こうはん》な自治を認《みと》めれば、国家として独立《どくりつ》することなどは求めないとのことでよろしいでしょうか」

「もとより、そのように申し上げています」

「では、アイロナ側には、改めてそう伝えたいと思います」

すると、リュゴン市長の方から、

「モロフ氏のことは、どうしますか。アイロナが身柄《みがら》を要求しているという」

と聞いてきた。私《わたし》は、昨晩格闘《さくばんかくとう》したタイプで打ったペーパーを手渡《てわた》した。

アイロナ共和国とマナト特別市の内紛解決《ないふんかいけつ》についての調停案

一　マナト特別市は独立《どくりつ》の主張《しゅちょう》は行わない。
二　アイロナ共和国は、マナトに広範《こうはん》な自治を認《みと》める。具体的な内容《ないよう》については、双方《そうほう》で協議する。紛糾《ふんきゅう》した場合は第三者機関に裁定《さいてい》をゆだねる。
三　アイロナは、大麻《たいま》プランテーション計画を放棄《ほうき》する。
四　モロフ氏の身柄拘束《みがらこうそく》は不可《ふか》。なぜならば、モロフ氏なる人物は実在《じつざい》しない。よって、アイロナは要求を取り下げる。

平安《へいあん》コーポレーション　平井和菜《ひらいかずな》

美香《みか》さんが、順番に訳《やく》し、リュゴン市長が一つ一つ確認《かくにん》するように頷《うなず》く。
しかし、四項目《こうめ》を聞いた時、はっとしてリュゴン市長は顔を上げた。

「なぜ、モロフがいないと？」

「この二日間、私《わたし》はいろんな人にモロフ氏に会ったことがあるかと聞きました。けれど、実際《じっさい》に会ったという人には、一人も出会えませんでした」

「たかだか、数日の見聞でそう判断《はんだん》なさったとすればずいぶん早計ではないかね」

私はかすかに口元を緩《ゆる》めて、市長を見つめた。

「私は昨日、タオにも同じことを聞きました。モロフ氏を知っているか、会ったことがあるかと。通訳《つうやく》したガロウ君は、『知らない』と言いました。けれど、タオは『知らない』とは言ってないと思いました。タオが使った言葉が別のものでしたから。たぶん、タオは、『モロフ氏はいない』と言ったのだと思います。でも、ガロウ君は、モロフ氏が存在《そんざい》しないとは思っていないので、『知らない』と訳《やく》したのではないでしょうか」

「………………」

「一人の少女がいないと言ったからといって、なぜそれを信じるのか、とは、あなたは問わないと思います」

問わないはずだ。なぜなら、リュゴン市長は私が語ったことの、意味がわかっているから。でも、仮《かり》に問われたところで、私もまた答えられない。昨日、自室に引《ひ》っ込《こ》んでから、考えて考えて導《みちび》き出《だ》した結論《けつろん》だけれど、根拠《こんきょ》などない。判断《はんだん》は直感でしかなかった。だれが、モロフという伝説を作り上げたのか。それはわからない。ともかく、モロフは実態《じったい》がないままに一人歩きし、大きくなっていったのだろう。

リュゴン市長が、ふーっと息を吐《は》く。

「あなたは、それをアイロナに持ち帰るがいい」

そう言ってリュゴン市長が立ち上がる。なぜか、市長はとても疲《つか》れた顔をしていた。それでも、部屋を辞す時に、差し出された手を握《にぎ》ると、笑顔《えがお》を見せてリュゴン市長は言った。

「生きて、考えてください。もう、二度とお目にかかることは、あるまいが」

「市長も、どうぞ、お元気で」

私《わたし》は、たどたどしい現地《げんち》の言葉で、そう告げた。

宿泊所《しゅくはくじょ》にもどって、荷物を整理し、私は美香《みか》さんとともに、ヘリポートに向かった。途中《とちゅう》で、雨になった。アムイさんの言葉が当たったようだ。アムイさんの言葉を信じていたのか、美香さんはビニールの傘《かさ》を二本手にしていて、その一つを渡《わた》される。

ヘリポートには、ガロウ君が待っていた。見送りに来てくれたのだ。

「私《わたし》は、いつか、日本に行きたいです」

　ガロウ君が私を見つめて言った。

「ぜひ、いらしてください。美香《みか》さんがきっと、仲介《ちゅうかい》をしてくれるでしょう」

　最初に美香さんが、続いて私がヘリに乗《の》り込《こ》む。

　自分の行っていることが正しいのかはわからない。ただ、この緑の大地とそこに根づいて生きる人びとを失わせてはいけないと思った。たとえ、今回の調停が成功したとしても、それがいつまで続けられるのかは何の保証《ほしょう》もない。現代《げんだい》は、グローバル企業《きぎょう》が世界を動かしていく時代だ。いずれは、大きな資本《しほん》の渦《うず》に巻《ま》き込《こ》まれてしまうのかもしれない。

「リュゴン市長に、あなたのことを教えたのは、ガロウでした」

　ぽつんと美香さんが言った。

「えっ？」

「つまり、私と同じ国の人が、スピーチをしていて、それがとても美しい英語だと。リュゴン市長は、ガロウを試《ため》すつもりで、あなたのスピーチを訳《やく》させせました」

「そうでしたか」

「リュゴン氏は、英語は話しません。けれどとても直感力のすぐれた人です。何か感ずるものがあって、和菜《かずな》さんのことを記憶《きおく》に留《とど》めたのでしょう」

「………」

「これまで私《わたし》は、ここよりもずっと悲惨《ひさん》な現場《げんば》を見てきました。人の営《いとな》みに絶望的《ぜつぼうてき》になることもありました。無差別の殺戮《さつりく》、拷問《ごうもん》や強姦《ごうかん》……ただ殺すだけでなく、いたぶるように死にいたらしめる人。なぜこれほどにも人は残酷《ざんこく》になれるのか。そして、人の生死を分けるのは紙一重《かみひとえ》です。私自身、九死に一生を得るという体験もした。そんなことは何の自慢《じまん》にもなりませんが」

「でも、あなたの写真は、希望に満ちています。私は一昨日、まっさきに美香《みか》さんのことを調べました」

「貴重《きちょう》な時間をそんなことに」

と、美香さんは笑った。初めて私に向けた、くつろいだ笑顔《えがお》だと思った。

「ガロウ君の存在《そんざい》は、希望なのだと感じました」

「そう。だからね、どんな悲惨な現場《げんば》でも、不思議と人間を信じたいと思える出会いがある」

「マナトの希望は、タオたちの営みなのだと思《おも》い至《いた》りました。それをリュゴン市長と、美香さんが教えてくれました。本当にいろいろお世話になりました」

「私《わたし》は、昨日、よけいなことを言ってしまったのかもしれない」

言わんとするのは、おそらく平安《へいあん》コーポレーションについてのことだろう。私にはまだ、美《み》香《か》さんの語ったことの真偽《しんぎ》はわからない。正直にいえば、ずっと父の会社が、社会正義《せいぎ》を行う会社だと信じ、いずれ自分もそこで力を発揮《はっき》したいと思っていた。けれど、平安コーポレーションは、平和創出《そうしゅつ》をうたいながら、利潤《りじゅん》を追求する私企業だ。調停にせよ、運輸事業にせよ、業務を行うことで利益《りえき》を上げている。そして、それが私の、豊《ゆた》かといってもいい生活を支《ささ》えている。片《かた》や、世界は多くの悲惨《ひさん》に満ちている。紛争《ふんそう》、差別、貧困《ひんこん》、環境《かんきょう》の悪化……。

これから、私は何をどう学んでいったらいいのだろう。

「考えることがたくさんありそうです」

ヘリが動きだした。私は、離《はな》れた場所で手を振《ふ》るガロウ君に手を振り返す。相手の姿《すがた》がどんどん小さくなり、ヘリはあっという間に、高みに到達《とうたつ》した。

来る時は夜だった。でも、今、眼下《がんか》には緑の大地が広がっている。雨は一時的なものだったのか、西の方から雲が切れて日が差してきた。やがて、遠くの大海原《おおうなばら》まで見渡《みわた》せるようになった。

ヘリの立てる爆音《ばくおん》に身をゆだねながら、私は大地を見続けた。もう二度と、この光景を見ることはないかもしれない。やがて、景色が変わり、アイロナシティが見えてくる。平野に広がる市街地を見下ろしながら、そこがこの島国での最大の都市であることを改めて実感した。ヘリは、高度を下げると、風を巻《ま》き起《お》こして、ヘリポートに到着《とうちゃく》した。

外に出る前に、美香《みか》さんが、

「あなたには真《ま》っ直《す》ぐに生きてほしい。けれど、世の中は難《むずか》しい。これから、アイロナにもどって、あなたは調停案を提出《ていしゅつ》することになるけれど、果たして、アイロナがすんなり承諾《しょうだく》するでしょうか。特に、モロフ氏のことは、根拠《こんきょ》を提示《ていじ》するのは難しいのでは？」

と言った。

「でも、アイロナも、モロフがいないことは、知っているのではないでしょうか」

美香さんは、少し驚《おどろ》いたように目を見開いた。

「なぜ、そう思うの？」

「実在《じつざい》していたら、とうに発見できるぐらい、力の差があるのではないかと思ったのです。もっとも、そんなことも、最初はわからなかったのだから、自分の不明を恥《は》じるしかありません」

「恥じることはない。あなたが、タオの言葉をつかんだのは見事でした。そして、少しえらそうに言わせてもらえば、この三日の間に、とても多くを学び成長されました。それでもなお、私《わたし》はマナトの行く末を案じずにはいられません」

美香《みか》さんは、今度は悲しそうな目で笑った。この美香さんの不安が当たってしまったことを知るまでに、そう多くの時間はかからなかった。

九

ヘリポートにドゥメイ氏が迎《むか》えに出ていた。数日前に空港で会った時と同じ装《よそお》いで、きりっとした様子で立っている。でも、あれが数日前のことだなんて、信じられないほどだ。アイロナは先進国とはいいがたいが、それでもマナトとは違《ちが》って、現代的《げんだいてき》なインフラは整っている。三日間が忘《わす》れがたい日々だったとはいえ、正直なところ、ほっとしている自分がいることを否定《ひてい》できない。

「お疲《つか》れさまでした」

ドゥメイさんの笑顔が心なし硬《かた》く見えた。私が首を傾《かし》げながら、

「竹中《たけなか》さんはどちらですか？」

と、問うと、ドゥメイさんの目が少し泳いだ。

「ミスター竹中は、社命により、昨日、出国しました」

「どういうことですか？」

「メッセージをお預《あず》かりしています」

手渡《てわた》されたのは、封筒《ふうとう》に入った一枚《いちまい》の小さなカードだった。

――社用にて、急遽《きゅうきょ》、欧州経由《おうしゅうけいゆ》で帰国《きこく》の途《と》につきます。十一日に、平井和也《ひらいかずや》氏がお迎《むか》えにあがる由《よし》。お気をつけてご帰国ください。

竹中拝《たけなかはい》
簡潔《かんけつ》な文章。竹中さんらしい気もしたが、なぜか、嫌《いや》な予感が働いた。

「どうしました？　何か悪い知らせでも？」

美香《みか》さんが、心配そうな表情で聞いた。

「明日、兄が来るそうです」

「平井和也氏が？」

美香さんは、兄の名を知っていた。私《わたし》は、美香さんに日本語で告げた。

「どうも何か変な感じがするのです。北米に向かうのに、迎えなど必要ありません」

これまでだって、一人で海外渡航《とこう》した経験《けいけん》がないわけではない。PAは、今回の私《わたし》の動きを苦々しく思っている、というリュゴン市長の言葉が頭をよぎる。それに美香《みか》さんも、平安《へいあん》コーポレーションは、武力的貢献《ぶりょくてきこうけん》をするようにと、PAから圧力《あつりょく》を受けていると言っていた。そして兄は今、PAと密接《みっせつ》な関係にある。

「PAの警告《けいこく》でしょうか。兄を寄越《よこ》したということは」

「親会社を飛《と》び越《こ》えて勝手なことをするな、と?」

「はい」

「もしそうならば、PAは宗主国《そうしゅこく》と同じですね」

吐《は》き捨《す》てるように美香さんが言った。

「調停案は、どうなるかしら」

ドゥメイさんの怪訝《けげん》そうな顔を見て、私は英語にもどして聞いた。

「今後のスケジュールはどうなりますか?」

「平安コーポレーションの平井《ひらい》社長からメールが入ってます。平井和也《かずや》氏を同席させたいとのことです。ですので、平井和也氏の到着《とうちゃく》を待って、明日の午後《ごご》一時から、協議ということになりました」

兄が調停の場に？　竹中《たけなか》さんの代わりということだろうか。私《わたし》だけに任《まか》せられないとして、なぜ、二人を交替《こうたい》させる必要があったのだろうと、いぶかしく思ったが、表情《ひょうじょう》には出さずに、わかりました、と答える。今、あれこれ詮索《せんさく》してみても、何かがわかるというものでもないだろう。

「これから、夜まで、アイロナシティを、私がご案内します。美香《みか》さんもよろしければ」

私は、ぜひにと美香さんを誘《さそ》い、三人で出かけることになった。

「では、先にロビーでお待ちください」

と言われて、私と美香さんは、ロビーに下りた。

私は、ブレスレットを立ち上げた。

「わぁ、使える！」

美香さんがくすりと笑った。

「美香さんのお誕生日《たんじょうび》って、ドレフュス事件《じけん》で、作家のエミール・ゾラがドレフュス大尉《たいい》の無実を主張《しゅちょう》した日だって、知ってました？　一八九八年。フランス軍のユダヤ系の大尉だったドレフュスが、ドイツ軍のスパイとの嫌疑《けんぎ》で捕《つか》まったのが、その四年前」

「有名な冤罪《えんざい》事件ね。それにしても、何を調べているのかと思ったら……」

美香《みか》さんは呆《あき》れたように言った。

「それから、一九四五年に、三河地震《みかわじしん》。へえ、そんな地震、あったんですね。第二次大戦の終戦の年に」

「それは、知ってますよ。けれど、時の政府《せいふ》は被害《ひがい》を隠《かく》しました。戦意の低下を怖《おそ》れて。その結果、被害が拡大《かくだい》したそうです」

「ひどい話ですね。二千人以上が亡《な》くなったというのに」

「戦争っていうのは、そういうものですよ」

「……一九五一年。第一次インドシナ戦争。ビンエンの戦い。フランス軍が新兵器、ナパーム弾《だん》投下」

「ベトナムには、その後アメリカが介入《かいにゅう》して泥沼《どろぬま》になり、長く戦争が続くことになった。ベトナム戦争が終結したのは、いつだか知ってますか？」

「一九七五年、ですよね」

「そう。私《わたし》の母は、その年に生まれました。今時の若《わか》い人は、ベトナム戦争になんか、興味《きょうみ》がないでしょうね」

「そうですね。私は少し勉強したけれど、高校の教科書では、『朝鮮《ちょうせん》戦争、ベトナム戦争、イラク戦争が起こった』という一行しか記述《きじゅつ》がなかったし」

その時、ドゥメイさんが下りてきて、話はそれっきりになった。ドゥメイさんの車に乗り込《こ》んでから、紛争《ふんそう》被害のわかるものを見たいと要望すると、連れていってくれたのは孤児院《こじいん》だった。

その孤児院に収容《しゅうよう》されているのは、三十人ほどで、半分以上が、マナトによる攻撃《こうげき》で親を失った者だという。

「市場で、爆弾《ばくだん》テロがありました。ここにいるのは、その時、犠牲《ぎせい》になった者の子どもがほとんどです」

「犯人《はんにん》は捕《つか》まったんですか」

「モロフ万歳《ばんざい》と叫《さけ》んで、自爆《じばく》しました」

ここにも、モロフが生きている。自爆した人は、本当にモロフの存在《そんざい》を信じていたのだろうか。

狭《せま》い部屋に、子ども用のベッドが並《なら》んでいた。孤児の中には、その時の負傷《ふしょう》で後遺症《こういしょう》の残った子どももいるという。横たわっている子もいれば、板敷《いたじ》きのわずかの空間を駆《か》け回《まわ》る子もいた。無邪気《むじゃき》に駆け回っている子の声は明るく響《ひび》くけれど、ベッドに横たわる子の中には、とろんとした目を向ける子もいる。

美香《みか》さんが、ドゥメイさんの許可《きょか》を得て、カメラを向ける。近寄《ちかよ》ってきた女の子の頭をそっとなでながら、美香さんはその場に、胡座《あぐら》を組んで座《すわ》り込んだ。愛《いと》おしむようなやさしい視線《しせん》。決してとっつきやすい人ではないけれど、この人は子どもが好きなんだ、と思った。そうでなくて、なんであんなに生き生きとした子どもの写真が撮《と》れるだろう。

快適《かいてき》とは呼《よ》べそうにない施設《しせつ》で、ケアする職員《しょくいん》の数も十分ではない。改めてアイロナがまだ貧《まず》しい新興国《しんこうこく》であることを感じる。それでも、マナトのコラプ地区で見た病院に比《くら》べればどれだけましだろうか。いずれにしても、確《たし》かなのは、どちらも子どもには責任《せきにん》がないということだ。

「数を単純《たんじゅん》に比較《ひかく》する気はありませんが、アイロナではどれくらいの人が犠牲《ぎせい》になったのでしょうか」

「数的被害《ひがい》に差があることは、もちろん、私《わたし》たちも認識《にんしき》しています。マナト側の攻撃《こうげき》による死者は百二十八人です」

マナトの犠牲を少なく見積もっても、十分の一以下だ。もちろん、一人一人の命はかけがえがないのだけれど。

「では、ニキランドに対する独立運動《どくりつ》の時は、どうだったのでしょうか」

「そちらは……正確《せいかく》な数はわかりません。捕《と》らわれて拷問《ごうもん》を受けた者も多いですし、消息が途《と》絶《だ》えた者も。独立後に、ニキランドが撒《ま》いた地雷《じらい》によって命を失った者もいます。政府見解《せいふけんかい》では、死者行方《ゆくえ》不明者合わせて二万二千ということになっていますが」

「この小さな島で……ドゥメイさんは、その時、どちらに？」

「私《わたし》はアイロナシティで育ちましたから、ずっとここに。怖《こわ》い思いもしました。すぐ隣《となり》の家が爆撃《ばくげき》されて、その一家は全滅《ぜんめつ》でした。あれは、美香《みか》さんと初めてお会いした頃《ころ》でした」

「そうですね。私も、アイロナシティで、爆撃の前日、現場《げんば》に立っていたということがありました。一日ずれていれば、今頃《いまごろ》、ここにはいなかったかもしれません」

「生きていることも偶然《ぐうぜん》、死ぬのも偶然です」

ドゥメイさんはそう言って重いため息をついた。

「リュゴン市長のことは、アイロナの首脳《しゅのう》はどう考えているのですか」

「正直なところでは……」

「困《こま》ったじいさんだ、というところかしら」

美香さんが口を挟《はさ》むと、ドゥメイさんは、苦笑《にがわら》いを見せる。

「リュゴン市長は、変な言い方ですが、昔からおじいさんだったんだそうです。容貌《ようぼう》が老《ふ》けているというのか。ニキランドからの独立《どくりつ》に際《さい》して、非暴力《ひぼうりょく》の抵抗《ていこう》をして投獄《とうごく》されそうになったこともある。もともと、アイロナシティの富豪《ふごう》出身です」

「マナトの人じゃないんですか？」

「ええ。マナトが気に入って移《うつ》り住《す》んだのは独立後《どくりつご》です。以来、政治《せいじ》に携《たずさ》わることはなかったのですが、アイロナとの紛争《ふんそう》が起こって以後、市長になって、我々《われわれ》を驚《おどろ》かせました」

「それまでは、いわば、アイロナ中央政府《せいふ》の息のかかった人間が市長でした」

と、美香《みか》さんが日本語で言った。内容《ないよう》の推測《すいそく》がついたのか、ドゥメイさんが小さく肩《かた》をすくめた。

孤児院《こじいん》を出たあとで、これまた私《わたし》の希望で、旧市街《きゅうしがい》に向かうことになった。

「じゃあ、旧市街にある洋食のレストランで夕食にしましょう」

ドゥメイさんの案内で出向いた旧市街は、外壁《がいへき》で囲まれていた。中に入るための門には、銃《じゅう》を手にした門衛《もんえい》が二人立っていた。けれど門衛は、ドゥメイさんを見ると、さっと右手を挙《あ》げて敬礼《けいれい》し、そのまま通してくれた。

壁《かべ》の中に入ると、たしかにそこは、これまで見てきた風景とは趣《おもむき》を異《こと》にしていた。煉瓦造《れんがづく》りの瀟洒《しょうしゃ》な建物が並《なら》び、石畳《いしだたみ》の広場があって、レトロな雰囲気《ふんいき》の街灯《がいとう》が立つ。中央には、教会だったという建物も残っていて、今は歴史資料館《しりょうかん》になっているという。家々の庭は広く、停《と》めてある車も、新式のブランド電気自動車だった。

しかし、一帯はわずか数分で歩きされるほどの、狭《せま》い区域《くいき》でしかなく、規模《きぼ》は修学《しゅうがく》旅行で行った倉敷市《くらしきし》の美観地区と変わらない。

ドゥメイさんに連れていってもらったレストランで、イタリア料理を食べた。前菜、パスタ、肉料理、デザート。見た目も美しく味もよかった。

「こんなにおいしいパスタを食べたのは、何年ぶりかしら」

美香《みか》さんが感慨深《かんがいぶか》そうに言うと、ドゥメイさんがいくぶん呆《あき》れたように聞いた。

「いつまで、続けるのです？　戦場ジャーナリストを。あなたは、ひどく疲《つか》れて見えますよ」

「そうですね。たしかに、ひどいことをたくさん見てきたから。まさか自分が、死体の山を見《み》慣《な》れてしまうなんて、あ、食事中でしたね。ごめんなさい」

「私《わたし》は、美香の撮《と》った花が好きですよ」

「美しいものを撮っていられたらいい。うなされるような思いをしてまでと、自分でも思います」

「うなされる?」

「戦場を知る者の多くは、夢《ゆめ》にうなされます。ジャーナリストも例外ではありません。それでも、ひきつけられるようにそこに行ってしまう。これこそが、病なのかもしれません」

美香《みか》さんは、寂《さび》しそうに笑った。

「何にひきつけられるのでしょうか」

「人の、ありよう」

と言ってから、急に日本語に変えて、早口で言い足した。

「先ほども言いましたが、人間に絶望《ぜつぼう》したくなることがあります。それでも、人は尊《とうと》いと思いたい。ガロウの再生《さいせい》を間近で見てきた者として、タオの強さに触《ふ》れた者として、そう思います」

私《わたし》は頷《うなず》いてから、ドゥメイさんに聞いた。

「ここに住んでいるのは、どういう方々ですか?」

「主には資本家《しほんか》。富裕層《ふゆうそう》ですね」

なぜか食欲《しょくよく》がわかない。一つの国にありながら、あまりの世界の違《ちが》いに、目がくらみそうになる。

「政治家《せいじか》は？」

「いません。政界《せいかい》をリタイアした人はいますが。政治に関《かか》わる者は、みな、議事堂近くの官舎《かんしゃ》に住んでます。私もですが」

「なんだか、別世界のようです」

ぽつりと言った言葉に、ドゥメイさんの思わぬ言葉が返ってきた。

「和菜《かずな》さん、あなたの暮《く》らしは、いかがですか」

その時、急に、帰りたい、という強い思いに襲《おそ》われた。自分のあの部屋にもどりたい。母の作るちらし寿司《ずし》や肉じゃがが食べたい。亜由良《あゆら》や莉里子《りりこ》に会いたい。ふと、涙《なみだ》がこぼれそうになって、瞬《まばた》きを繰《く》り返す。気が緩《ゆる》んでいる。私《わたし》はやはり、ほっとしているのだ。マナトを離《はな》れて。

何の不自由もなく恵《めぐ》まれた私の暮らし。そこに帰り着きたいという思いに、後ろめたさを感じて、ドゥメイさんの方を見ることができなかった。黙《だま》り込《こ》んだことを気遣《きづか》うように、ドゥメイさんが話題を変えた。

「和菜さんは、お兄さんとは仲がよろしいのですか？」

ああ、私はこんなにも未熟《みじゅく》だ。そう思いながら、いや、だからこそ、懸命《けんめい》に笑顔《えがお》を作る。

「そうですね。少し年が離《はな》れていますが、仲はいい方だと思います。いつも私の前を歩いてくれていた人だから。考えてみれば、私はずっと兄の背《せ》を追ってきました。それに、父が多忙《たぼう》な人でしたから、私にとっては、兄が男性《だんせい》のスタンダードなんです」

「じゃあ、明日は嬉《うれ》しいですね」

私はちらっと美香《みか》さんを見てから、ただ、

「そうですね」

とだけ言った。

それぞれの家族の話になり、美香さんが独《ひと》りっ子であること、父親がフリージャーナリストで戦地で斃《たお》れたことを聞いた（これは前に竹中《たけなか》さんから聞いて知っていたが）。それから、ドゥメイさんは五人きょうだいの長女であることがわかった。

「でも、三人が、ニキランドからの攻撃《こうげき》で死にました」

ドゥメイさんは、さらりと言ったが、返す言葉がなかった。アイロナにあっては、相当なエリートで順風満帆《じゅんぷうまんぱん》の人生を送ってきた人かと思っていた。人は、見た目だけではとてもわからない、さまざまな悲しみや苦しみを、負っているものなのだ。

美香さんとドゥメイさんは赤ワインを飲んでいる。

「和菜《かずな》さんは、気の毒ね。まだ、お酒が飲めないなんて」
美香《みか》さんの言葉に、本当に、というようにドゥメイさんが笑った。立場を異《こと》にする二人の女性《じょせい》だけれど、何か互《たが》いに心を通わせるものがあるようだ。そのことに、胸《むね》が熱くなる。

アイロナでの宿は、迎賓館《げいひんかん》のすぐ近くにあった。マナトに比《くら》べればずっとましだった。部屋も広いしネットも使える。それになんといっても、お湯が使える。私《わたし》はバスタブにゆっくり浸《つ》かり、ブレスレットを操作《そうさ》する。

メールの着信が二件《けん》。今更《いまさら》ながら、アイロナにもどって初めてメールを確認《かくにん》したことに気づく。

兄からのメールは今朝。明日、着くという短いメールだった。

残りの一件は昨日の日付で、亜由良《あゆら》からだった。莉里子《りりこ》からの音信はない。もともとまめな方ではないし、今頃《いまごろ》は、陸上部の合宿で必死なのだろう。

亜由良からのメールは、かなり長いものだった。

——和菜、どうしている？　今頃、ヨーロッパあたりを歩いていたりするのかな？

私は美術《びじゅつ》実習が終わって、今は北海道を旅行中。最北の礼文島《れぶんとう》に来てます。利尻富士《りしりふじ》がきれいに見えるよ。

実習はかなりへこみました。みんなうまい。自信喪失《そうしつ》気味。私、ちょっと井《い》の中《なか》の蛙《かわず》だったかも。

世間は広いなあと思います。これから先、絵でどれだけやっていけるのかなあ。

でも、ショックだったのは、絵のことじゃないの。北海道は、札幌《さっぽろ》こそ大都会だけれど、親《しん》戚《せき》の人が暮《く》らす中部の町は、すっかり寂《さび》れていて、仕事もないらしい。隣町《となりまち》に、軍事基地《きち》がある関係で、高校を卒業した人の四割《わり》以上が、軍事会社の提供《ていきょう》する奨学金《しょうがくきん》をもらって大学に進むか、そのまま軍事会社に就職《しゅうしょく》するんですって。はとこの友人が、奨学金もらって大学を出たあとで、系列《けいれつ》の軍事派遣《はけん》会社に就職したそうです。その人、西アフリカに警備隊員《けいびたいいん》として派遣されて、戦闘《せんとう》に巻《ま》き込《こ》まれて亡《な》くなってしまったんです。絵を描《か》くのが好きだったと聞いて、なんだかやりきれなくなりました。

呑気《のんき》にIHSで勉強していたことが、後ろめたいみたいな気持ちになって……。

叔母《おば》（千夏《ちなつ》）からは、あなたが世間知らずなだけ、と言われたけれど、自分の境遇《きょうぐう》がどれだけ恵《めぐ》まれているか、思い知らされました。

のうのうと絵なんか描《か》いていていいのかな、とまで考えちゃって。でも、やっぱり描きたい。自分の未熟《みじゅく》さにガツンとやられた今だからこそ、よけいに描きたいという思いが募《つの》ってます。悩《なや》み多き大学生活になりそう。日本にもどったら、連絡《れんらく》ください。和菜《かずな》の顔、見たい。いろいろ話したい。

楽しい旅を！

亜由良《あゆら》

私《わたし》も、話したい。でも、何を話したらいいのかわからないような気もする。

高校から大学へ進む狭間《はざま》にあって、亜由良もいろいろなことを考えたようだ。私たちが見た風景はまったく違《ちが》うけれど、どこかでつながっている、そんな気もする。けれどやっぱり、ここでの日々は強烈《きょうれつ》すぎた。数日前には、想像《そうぞう》もできなかったことを見せつけられたこの三日。亜由良や莉里子《りりこ》に、どのように話したら伝わるだろうか。

手を上に伸《の》ばしたまま、一度ざぶりと頭まで、湯にうずめた。水滴《すいてき》が髪《かみ》からぽたぽた落ちる。

そうだ、今日、七月十日は、過去《かこ》、どんなことがあったのだろう。

一四六〇年。薔薇《ばら》戦争。ノーサンプトンの戦い。戦争というには優雅《ゆうが》すぎる名前は、戦争当事者である、ヨーク家の白薔薇とランカスター家の赤薔薇に由来。

一九三九年。イエドヴァブネ事件《じけん》。ポーランドのイェドヴァブネで、非《ひ》ユダヤ系《けい》住人がユダヤ人を虐殺《ぎゃくさつ》。この事件《じけん》は、長い間ドイツ軍の部隊が行ったとされていたが、その後、非《ひ》ユダヤ系《けい》のポーランド人住人の手によるものであることがわかったという。

一九四五年。第二次世界大戦で、仙台空襲《せんだいくうしゅう》。日本がポツダム宣言《せんげん》を受諾《じゅだく》して無条件降伏《むじょうけんこうふく》をする一か月とちょっと前。ポツダム宣言をもっと早く受け入れていれば、空襲被害《ひがい》は少なかったし、原爆《げんばく》投下もなかった。

一九九一年。エリツィンがロシアの初代大統領《だいとうりょう》に就任《しゅうにん》。かつて、私《わたし》が生まれるずっと前に、ソ連という社会主義《しゅぎ》の国があった。それがロシアとなったのがこの年。

二〇一九年。日本の大手警備《けいび》会社である日輪警備が、米国の軍需《ぐんじゅ》産業の傭兵《ようへい》部門を買収《ばいしゅう》。日本の民間会社が、紛争地《ふんそうち》に兵を送る事業に乗り出すさきがけとなる。

二〇二〇年。総務省《そうむしょう》の端末《たんまつ》より個人情報《こじんじょうほう》大量流出。マイナンバー実施以降《じっしいこう》最大の被害。

風呂《ふろ》からあがり、ベッドに潜《もぐ》り込《こ》む。そこで、再《ふたた》びブレスレットを起動させる。リュゴン市長の言葉を思い出したのだ。

ネットで、「アイロナ　平井和菜《ひらいかずな》」と入力する。検索語《けんさくご》が日本語だったにもかかわらず、一件ヒットした。

――PA傘下《さんか》の日本企業《きぎょう》である平安《へいあん》コーポレーションは、アイロナ紛争《ふんそう》の調停に、社の非常勤役員《ひじょうきんやくいん》である平井和菜氏を派遣《はけん》。和菜氏は、社主・平井堅志郎《けんしろう》氏の長女で、十七歳《さい》。英語と中国語のトリリンガルで、本年のスピーチフェスティバルで注目された才媛《さいえん》。近い将来《しょうらい》、同社を担《にな》う有望な人材の一人と目されているが、これまで業務《ぎょうむ》の実績《じっせき》はない。

本調停は、マナト特別市の意を受けたアイロナ共和国側の要請《ようせい》ではあったが、PAは、平安コーポレーションが、親会社を飛《と》び越《こ》して調停を行ったとして、遺憾《いかん》の意を表明。記者の質問《しつもん》に、平安コーポレーションは、和菜氏の派遣はマナト特別市からの指名であったと説明し、今後について善処中《ぜんしょちゅう》と回答。

小メディアのニュースサイトの短信で、英語圏《えいごけん》の通信会社が配信した記事の翻訳《ほんやく》だった。記事の日付は、七月九日。父が私《わたし》に連絡《れんらく》をとろうとしたのは、この件《けん》だったのだろうか。試みに英文を探《さが》すと、もう少し詳《くわ》しく書かれていた。リュゴン市長の名はないものの、私がマナト特別市に向かったことが記されていた。

記事が伝える善処《ぜんしょ》の内容《ないよう》が、兄を寄越《よこ》すということなのだろうか。いったい、明日、兄は私に何を語るのだろうか。考え出すと頭が痛《いた》くなりそうだった。少し、投げやりな気分にさえなってくる。何であれ、兄の手を借りた形で、事態《じたい》は収束《しゅうそく》されるのだろう。結局、私はただのアドバルーンでしかなかった。若《わか》くして将来《しょうらい》有望な？　果たして私は、父の会社で本当に働くことができるのだろうか。本音をいえば、悲惨《ひさん》な現場《げんば》なんて、見たくない。紛争地《ふんそうち》になど、二度と行きたくはなかった。

一刻《いっこく》も早く、日本に帰りたかった。帰ったら、亜由良《あゆら》たちと、思いっきりくだらないおしゃべりをしたい。

とにかく、あと一日だ。明日には、ここを発《た》つ。今はただ、何も考えずに眠《ねむ》りたい。

十

七月十一日（金）。
ドゥメイさんが迎《むか》えにきてくれて、美香《みか》さんとともに、七日にも訪《おとず》れた迎賓館《げいひんかん》内の会議室に出向く。
部屋で待っていると、ほどなくチュエン氏が現《あらわ》れた。その後ろに、兄がいた。そしてもう一人、中年の浅黒い肌《はだ》の男性《だんせい》。太ってはいないが妙《みょう》に貫禄《かんろく》がある。いったいだれなのだろう。容《よう》貌《ぼう》からは、アイロナの人のように見えるが、かっちりとした背広《せびろ》にネクタイをつけていた。アイロナで背広を見たのは——竹中《たけなか》さんと兄を別として——初めてだった。
兄は、私《わたし》に微笑《ほほえ》みかけると、軽く肩《かた》を抱《だ》いた。なぜ兄が来ることになったのかがわからず、いぶかしく思う気持ちはあった。それでも、会えたことは嬉《うれ》しかったし、正直にいえば、安心もした。

「和菜《かずな》。マナトに行ったそうだが、何もなかったか？」

「何も、って？」

「危《あぶ》ないこととか。一時は、おまえがマナトに拉致《らち》された可能性《かのうせい》もあるんじゃないかって、親《おや》父《じ》が心配してたぞ」

「まさか。調停を申請《しんせい》した側よ、マナトは」

「そうは言うが、何しろ、アイロナの中でも、もっとも遅《おく》れた地域《ちいき》だというし、そうした貧《まず》しい辺境《へんきょう》は、テロリストの温床《おんしょう》になりやすいんだよ」

私《わたし》はかすかに眉《まゆ》を寄《よ》せる。

「いいところだったよ。日本の農村みたいで、景色がきれいだった。もっとも、アイロナに爆《ばく》撃《げき》された町は、悲惨《ひさん》だったけど。市長も……立派《りっぱ》な人だった」

「とにかく、無事にもどってこられたのだから、まあ、よしとしよう。いずれうちの会社に入るのだから、危ない地域を避《さ》けて通れるわけではないし。いい勉強にはなったろ」

「ええ。すごく勉強になった。私、お兄さんにも聞きたいことがたくさんある」

「話はまたあとで、ゆっくり聞くことにするよ。午後便に乗って発《た》たなくちゃならないからね」

と小声で言うと、兄はぽんぽんと軽く肩《かた》を叩《たた》いた。

楕円形《だえんけい》のテーブルに、私《わたし》、美香《みか》さん、ドゥメイさん、チュエン氏、背広《せびろ》の男、そして兄という具合に座《すわ》った。謎《なぞ》の男は、チュエン氏などとは比《くら》べものにならないほど、流暢《りゅうちょう》な英語を話していた。

「その方は?」

だれも聞かないから、私が聞くと、チュエン氏が答えた。

「ニラウ氏といって、今回、我々《われわれ》の要求で、交渉窓口《こうしょうまどぐち》の実務《じつむ》に当たります」

でも、どうやら私以外の人間は、だれだかわかっているようだった。美香さんが、かすかに眉《まゆ》を寄《よ》せている。

「知っている人ですか?」

と日本語で聞いてみた。

「あったのは初めてですが。元、マナトの市長です。リュゴン市長の前の前の。独立《どくりつ》運動の時、ニキランドから命を狙《ねら》われて、亡命《ぼうめい》したはずでしたが……」

「今は、Mグループの親会社のGM……ゼネラルマネージャーだ」

と兄がやはり日本語で言った。Mグループ……なんだったろう。どこかで聞いた言葉だったが、思い出せなかった。

コホンと一つ咳払《せきばら》いをして、チュエン氏が言った。

「では、平井和菜《ひらいかずな》さん、マナト側の要求についてうかがいましょう」

でも、チュエン氏の視線《しせん》は、私《わたし》にではなく、兄に向いていた。思わず、ぐっと奥歯《おくば》をかみしめる。今回の調停員は、私だと自らに言いきかせ、チュエン氏を正面から見る。そして、マナトの宿泊所《しゅくはくじょ》のタイプで打った紙を渡《わた》す。四項《こう》の下には、提案《ていあん》に同意を示《しめ》す、リュゴン市長のサインがあった。

チュエン氏の指示《しじ》を受けて、ドゥメイさんが英語で読み上げた。

「いかがでしょう」

私はチュエン氏を見つめて聞いた。

「こちらの条件《じょうけん》として、モロフ氏の身柄拘束《みがらこうそく》は、譲《ゆず》れないと申し上げましたね。それなのに、モロフ氏が実在《じつざい》しないとは、どういうことでしょう。何を根拠《こんきょ》に？」

射貫《いぬ》くような目でチュエン氏は私を睨《にら》みつけている。呑《の》まれないようにと思いながら、素早《すばや》く鼻で息を吸《す》う。

「それは、私が説明する必要はないと考えています。それが信じられないというのであれば、アイロナ側は、この調停案に応《おう》じないことはできます」

きっぱりと言ってから、チュエン氏に微笑《ほほえ》みかけた。私《わたし》にはモロフ氏が存在《そんざい》しないことを、証明《しょうめい》する必要などないのだ。少し間があってから、チュエン氏は、おもむろに答えた。

「まあ、いいでしょう。アイロナ側に、異存《いぞん》はありません。とにかく、一刻《いっこく》も早く、平和を取《と》り戻《もど》したいですからな」

あまりにあっさりと認《みと》められたことに、拍子《ひょうし》抜《ぬ》けして、思わず美香《みか》さんと顔を見合わせる。

「大麻《たいま》のプランテーションは、諦《あきら》めるのですか？　ニキランドも、アイロナ首脳《しゅのう》もこだわったことなのに」

「多くの国で合法化されたとはいえ、まだまだ大麻には反対意見も少なくないですからな。何よりも、マナト特別市の住民が望んでいないことをするのは、本意でない。一日も早く和解《わかい》して、我《わ》が国のすべての領土《りょうど》が平和になることこそが、我々《われわれ》の願いです」

調停は成立した。私は、ヘリでマナトにもどるという美香さんを、ヘリポートまで送った。

「どうも、変な感じがします」

と、日本語で告げる。

「同感です。あれほどあっさり、プランテーションの要求を下げるとは。もともとアイロナの首脳《しゅのう》は、Mグループの意向にはNOと言えないはず。というのも、ギュアン首相《しゅしょう》の支持基盤《しじきばん》は、富裕層《ふゆうそう》で、特にMグループの財力《ざいりょく》に支《ささ》えられています。でも、残念ながら、彼《かれ》らの狙《ねら》いがなんなのかはわかりません。私《わたし》は、この結果を市長に伝えることしかできません」

「はい。ともかく、これ以上、この国の人びとが苦しむことがないようにと願ってます。でも……。結局、私には、この役が担《にな》いきれなかった」

形だけは、私がサインしたものの、今回の決着に、別の力が働いていることは間違《まちが》いなかった。でも、美香《みか》さんに、言《い》い訳《わけ》じみたことを口にするなんて、甘《あま》えだ。言ってから苦さがこみあげてきて、唇《くちびる》をかみしめる。けれど、美香さんはやさしかった。

「私は、あなたに会えてよかったと思ってますよ、和菜《かずな》さん」

「ありがとうございます。こちらこそ、本当にお世話になりました。とても密度《みつど》の濃《こ》い時間でした。数年ぐらい老《ふ》け込《こ》んだみたいです」

と、無理に笑ってみせると、美香さんも少し口元を緩《ゆる》めた。けれどすぐに、表情《ひょうじょう》を引《ひ》き締《し》めた。

「和菜さん、私はあなたの父上の会社を信用してはいない。ましてやPAなど、論外《ろんがい》です。これまで平和創出《そうしゅつ》の名の下に、何をしてきたのかを、各地でずっと見てきたから。もちろん、あなたは私《わたし》の言葉を信じる必要はない。あなた自身の目で見て、耳で聞いて、そして考えて判断《はんだん》すればいいことです。でも、たとえ平安《へいあん》コーポレーションを苦々しく思ったとしても、今は、和菜《かずな》さんのことは信頼《しんらい》したいと思っています。できることならば、何年かのちに、やはり信頼に足る人だったと思って、どこかで、地球上のどこかで、再会《さいかい》することができれば嬉《うれ》しいです」

何も言えなかった。なぜか、涙《なみだ》があふれた。ともに過《す》ごしたのはたったの三日。最初はとっつきにくかったし、世間知らずの娘《むすめ》としか思われていなかった——事実、そうなのだけれど。でも、少しずつ、私《わたし》を受け入れてくれた。そして、今、再会したいとまで、言ってくれた。

私は、涙を振《ふ》り払《はら》って、無理に言葉を吐《は》き出《だ》す。

「美香《みか》さんもどうぞお元気で。それから、市長や、ガロウ君、タオ、アムイさんにも、くれぐれもよろしく、お伝えください。タオに、スカーフをずっと大切にすると」

美香さんは、私に一枚《いちまい》のカードを渡《わた》してくれた。

「何かありましたら、そのアドレスに連絡《れんらく》をください。先日お渡しした名刺《めいし》のアドレスとは別で、衛星携帯《えいせいけいたい》のアドレスです。どこにいても通じます。いろいろ事情《じじょう》があって、この番号は本当に限《かぎ》られた人にしか、知らせてません。事情をお察しください」

「はい。でも、今度お会いする時は、丁寧《ていねい》言葉は、やめてください」

美香《みか》さんは、軽く私《わたし》の肩《かた》を抱《だ》くと、素早《すばや》くヘリに乗《の》り込《こ》んだ。私はその場を離《はな》れて、建物の陰《かげ》に身を寄《よ》せる。ヘリは強風を巻《ま》き起《お》こして上昇《じょうしょう》し、ゆっくりと旋回《せんかい》すると、遠ざかっていった。

屋上からもどると、兄が待っていた。

「支度《したく》はいいか?」

「ええ。もう荷物もまとめてある」

「しかし、なんだかうさんくさいな、あの、住井《すみい》美香という人は。日本人のくせに、国籍離脱《こくせきりだつ》してるって?」

「そんな言い方しないで。お世話になったんだから。戦場ジャーナリストとして、立派《りっぱ》な仕事してる」

「戦場ジャーナリストね。正義《せいぎ》を振《ふ》りかざしたがる輩《やから》が多いんだよな」

「そんな人じゃない!」

思わず声が大きくなる。すると、兄はくすっと笑った。

「何をむきになってんだよ。ばかだな」

美香《みか》さんと別れた一時間後、私《わたし》と兄は、空港に向かう車に乗っていた。送るというニラウ氏が一緒《いっしょ》で、運転するのはニラウ氏の秘書《ひしょ》だという若《わか》い男だった。

「和也《かずや》の妹さんは、優秀《ゆうしゅう》だね。私《わたし》も、スピーチフェスティバルの映像《えいぞう》は見たよ」

「ありがとうございます」

と答えた声が、少し硬《かた》いと自分でも感じた。アイロナの、しかもマナト出身というが、その所作はなんとスマートなことか。兄は、どうやらニラウ氏に心酔《しんすい》しているようだ。けれどなぜだか、私は初対面のニラウ氏に、警戒心《けいかいしん》を抱《いだ》かずにいられなかった。

「兄さん、ニラウさんとは、どこでお知り合いになったの？」

私は日本語で聞いた。

「ホテルのレストランで偶然《ぐうぜん》近くの席に座《すわ》ってね。そうしたら、なんと、ＰＡの本部でばったり再会《さいかい》したってわけだよ。この人は、切れ者だよ。今回の調停も、一旦《いったん》、マナトの要求を呑《の》むようにと、ギュアン首相《しゅしょう》を説得したのは、彼《かれ》だから。アイロナ側にも人脈があるし、マナトにも顔が利《き》く」

兄の声が弾《はず》んでいる。私の出した調停案がそのますんなり通ったのは、ニラウ氏が一枚《いちまい》かんでいたからだったのだ。では、この人の狙《ねら》いはなんなのだろう。

「これからマナトは発展《はってん》する。ニラウさんがいるから、安心だ」

兄の言葉が英語にもどり、ニラウ氏が上品に微笑《ほほえ》む。

「そうです。なんといっても、マナトは我《わ》が故郷《こきょう》。私《わたし》はあの場所の平和と発展を、だれよりも望んでいる」

でも、マナトに滞在中《たいざいちゅう》、私はだれからもニラウ氏の名前なんて聞かなかった。美香《みか》さんの話では、長くマナトを離《はな》れていた人だ。そして今、ニラウ氏はMグループの親会社のGM。つまり大企業《だいきぎょう》のトップということになる。Mグループは、プランテーションを請《う》け負《お》うことになっていたアイロナ国内の複合《ふくごう》企業だった。それなのになぜ、長年こだわっていたプランテーションの予定を取り下げたのだろう。

「アイロナ首脳《しゅのう》は、本当にプランテーションを諦《あきら》めたの？」

私はまた日本語で聞いた。

「そうだよ。代わりに作るものがあるから」

「代わりに？」

「実は、ニラウ氏は、すでに相当な土地持ちなんだ。マナト最大の地権者《ちけんしゃ》ってわけだ。そこに、資本《しほん》投下することが決まっている。Mグループの親会社は、米国に本拠地《ほんきょち》を置くグローバル企業だが、そこがPAと業務提携《ぎょうむていけい》することになった。つまり、今回のマナトへの資本投下には、PA傘下《さんか》の企業《きぎょう》として、平安《へいあん》コーポレーションも関《かか》わることになる。新たな事業展開《てんかい》ってわけだ。親父《おやじ》もようやく決意した」

「決意って？」

「ずっと、PAから求められてきたことさ。世界情勢《じょうせい》は相変わらず不安定だから、平和構築《こうちく》には、訓練を受けた兵が足りない」

「それが、マナトに関係するの？　プランテーションの代わりって……」

「もっと雇用創出《こようそうしゅつ》できるものだよ。一石二鳥だろ。これからは、外国人が増《ふ》えるだろうから、インフラも整えなければならない。道路を整備《せいび》したり、宿舎《しゅくしゃ》を作ったり。多少は、娯楽設備《ごらくせつび》もいるだろうな。もっともっと土地買収《ばいしゅう》を進めなければならないだろうが、ニラウ氏は顔が利《き》くから」

「それで、何を作るの？」

「山岳《さんがく》地形を生かしながら、一部は山を切《き》り崩《くず》して、実地訓練のできる軍事基地《きち》を作るんだ」

あまりにさらりと言われたために、意味することを理解《りかい》するのに少し時間がかかった。軍事訓練基地？　連想したのは、かつて沖縄《おきなわ》にあった米軍の北部訓練場だった。そこは今、米国資本の民間軍事会社が管理している。民営化後《みんえいかご》、ずさんな管理で、事故《じこ》を起こしたために、一度会社が替《か》わったはずだ。その会社の社員は、退役《たいえき》軍人や米国の元海兵隊員などが多数を占《し》めている。

軍事演習《えんしゅうじょう》場は世界各地にあるが、住民たちは危険《きけん》と隣《とな》り合わせだ。それでは、大麻《たいま》のプランテーションより、なお悪いではないか。そんな私《わたし》のいぶかしげな表情《ひょうじょう》にも気づかないで、兄は言葉を続ける。

「今回、和菜《かずな》はなかなかいい仕事をしたよ。たいしたものだ。さっきのチュエン氏とのやりとりなど、堂にいっていた。おまえのおかげで、マナトは平安《へいあん》コーポレーションにも好印象を持ったろうし、今後の仕事がやりやすくなるだろう」

すーっ、と血の気が引くのが自分でもわかった。結局、私の活動は意味がなかった。ＰＡの掌《てのひら》で踊《おど》っていただけ。文字通り研修《けんしゅう》にすぎなかったのだ。いや、それどころか、体《てい》よく利用されたといった方が正しいではないか。

早く、美香《みか》さんに知らせなければ、と思った。けれど今は、美香さんのアドレスを見るわけにはいかない。

私《わたし》は、早く空港に着いて！　と念じた。

一刻《いっこく》も早く、ニラウ氏と別れたかった。兄が、なぜこの男に心酔《しんすい》しているのか、まったく理《り》解《かい》できなかった。それより何より、常《つね》に私の手本として前を歩いていたはずの兄が、初めて、これまでとは違《ちが》った人間に見えてきた。


ニラウ氏とは空港で別れた。ニラウ氏は、兄としっかり手を握《にぎ》り合った。

「ともに手を携《たずさ》えて、世界平和の構築《こうちく》のために、邁進《まいしん》しましょう」

世界平和構築？　そのために、軍事訓練基地《きち》？

軍事も収奪《しゅうだつ》も独裁《どくさい》も、今や、あらゆることが、平和の名の下に行われる。いったい、平和とはなんなのだろう。

ニラウ氏は、私にもそつのない笑顔《えがお》を振《ふ》り向《む》けて、

「いつか、一緒《いっしょ》にお仕事ができるかもしれませんね」

と、言った。私は、それには答えずに別のことを口にする。

「ニラウさんは、マナトご出身なのでしたね。私は、マナトの農村で、それは見事な織物《おりもの》を見、

女性《じょせい》たちのすばらしい歌を聴《き》きました。空襲《くうしゅう》の跡《あと》は痛《いた》ましいものでしたけれど。今はただ、マナトの風光明媚《ふうこうめいび》な山地の中で、あの朗々《ろうろう》とした陽気な歌声が、いつまでも響《ひび》きわたることを、心から願っています」

ほんの一瞬《いっしゅん》、ニラウ氏の眉《まゆ》が寄《よ》ったが、すぐに如才《じょさい》ない笑《え》みで覆《おお》い隠《かく》し、手を差し出しながら言った。

「またお目にかかりましょう」

私《わたし》は笑顔《えがお》を返した。けれど、手は出さなかった。そして内心でつぶやく。

――でも、私はあなたと同じ側に立つとは限《かぎ》らない。

ニラウ氏と別れてから、搭乗《とうじょう》を待つ間に、私は急いで美香《みか》さんにメールを送信した。

――ニラウ氏の会社とPA及《およ》びその傘下《さんか》は、プランテーション予定地だった場所に、実地訓練のできる軍事基地《きち》を作る計画を立てています。ニラウ氏を前面に出して、土地買収《ばいしゅう》に乗り出すつもりのようです。

美香さんからは、すぐに、知らせに対して礼を述《の》べる、素《そ》っ気《け》ないほど短いメールがきた。

ほどなく、飛行機に乗《の》り込《こ》む。飛行機は、定刻《ていこく》どおり、夕闇《ゆうやみ》の迫《せま》るアイロナシティをあとにした。

＊　＊　＊

平井和菜《ひらいかずな》様

早いもので、あなたが帰国されてから、もう三か月《げつ》になるのですね。今頃《いまごろ》、インターカレッジの学生として、大学生活を満喫《まんきつ》されている頃でしょうか。

さて、あなたの長いメール、嬉《うれ》しく拝読《はいどく》しました。マナトの医療《いりょう》支援《しえん》のＮＰＯを立ち上げられたとのこと。サイトも見ましたよ。タオのスカーフをして、メッセージを送る動画も。

それから、ガロウの作ったサイトを見てくれたそうですね。軍事訓練基地《きち》の予定地に座《すわ》り込んだタオたちの様子は、世界各地からの反響《はんきょう》を呼《よ》びました。それを目《ま》の当《あ》たりにした時、昔、父に聞いた沖縄《おきなわ》の女性《じょせい》たちの闘《たたか》いを思い起こしました。もちろん、昔のことはわからないけれど、そこに何か共通のものがあるような気がしたのです。闘いだけでなく、あなたの心をとらえた女たちの歌声も、人びとの共感を呼《よ》んだようです。

お友だちのご助力で、村沢千夏《むらさわちなつ》さんという方が作品《さくひん》の展示販売《てんじはんばい》を行い、売り上げを寄付《きふ》してくださったとか。ありがたいことですね。

日本にもどった直後は、見聞きしてきたことと日本での自分たちの暮《く》らしに落差を感じて、とまどわれたとのこと、よくわかります。心待ちにしていたお友だちとのおしゃべりも、最初は楽しめなかったそうですね。けれども、そんなお友だちをも巻《ま》き込《こ》んで、一つのプロジェクトを立ち上げたことに、あなたのしたたかさ（よい意味で）を感じました。

日本のアーティストが、タオの織《お》った布《ぬの》に興味《きょうみ》を持ったという話をすると、タオはとても喜んでいました。タオたちの作品を、日本で販売《はんばい》する件《けん》、了承《りょうしょう》しました。この件は、ガロウが窓口《まどぐち》になってくれると思います。

それを含《ふく》めて、マナトへの関心を少しでも高めるために、情報《じょうほう》発信することになりました。そのことが、リュゴン市長の意に沿《そ》うことにはならないのはわかっていますが、市長もあえて反対はされませんでした。今はとにかく、彼《かれ》らの思惑《おもわく》をくじくことが緊急《きんきゅう》の課題ですから。

少しずつ、マナトへの注目が高まっていることは、感じています。遅《おそ》まきながら、国境《こっきょう》なき医師団《いしだん》のベルギー人医師が入り、治療《ちりょう》に当たるようになりました。そうした動きは、まだほんのわずかなもので、実際《じっさい》、医師《いし》も医薬品も足りてはいません。

でも、あの美しい山と畑の風景を失わせてはならないと、そう考える人は、きっと世界にたくさんいるだろうと思います。わずかですが、手応《てごた》えを感じています。

工事は目下膠着状態《こうちゃくじょうたい》。かつて市長だったニラウ氏は、思いのほか自分の名が浸透《しんとう》していないことに、とまどっている様子です。むろん金に飽《あ》かせての施策《しさく》は、油断《ゆだん》がなりませんが。貧《まず》しい農民たち一人一人が所有する土地はわずかだけれど、散らばっているのが、ニラウ氏たちの仕事をやりづらくしているようです。農民たちの合言葉は「マナトのものはマナトに。マナトの暮《く》らしを手放さない」です。そうそう、マナトを発展《はってん》させるためだと、意気込《いきご》んで自ら乗《の》り込《こ》んで来たニラウ氏ですが、タオと対峙《たいじ》してたじろいだとか。

タオたちは、きっと、あの場所を守り抜《ぬ》いてくれると思います。女たちの笑い声は、今も山間に響《ひび》きわたっています。

さて、お父上の会社のことを考えますと、あなたはずいぶん難《むずか》しいところに立たれているのだなと推察《すいさつ》します。ただ、いたずらにお父上や兄上と対立することなく、時にはあえて愚《おろ》かなふりをされて、NPO立ち上げという目的を果たしたことに感服しました。これからも、ずるくなりなさい。嘘《うそ》をつきなさい。志《こころざし》を貫《つらぬ》くために、もっともっとしたたかにおなりなさい。

あなたを庇護《ひご》する者に力があるなら、その力を頼《たよ》って、利用して、それでもなお、あなた自身を、あなたの人生を歩んでほしいと願っています。

あなたのお誕生日《たんじょうび》が八月十五日と聞いて、得心するものがありました。戦後七〇年あたりから、敗戦のセレモニーも形骸化《けいがいか》が著《いちじる》しくなったとはいえ、毎年の誕生日《たんじょうび》に、慰霊《いれい》の光景を見ていたら、否《いや》が応《おう》でも戦争と平和について考えるようになるのかもしれません。

そして、あなたとお兄様の名に「和」という字を使ったことから、ご両親の平和への思いには——それをいかに実現《じつげん》するかはさておき——偽《いつわ》りはないのだろうと、信じたいと思います。

私事《わたくしごと》ですが、来月には、マナトを離《はな》れることになりました。時おりは、他国に出かけることもありましたが、ここ数年、足場にしていたマナトを去るのは残念です。しかし、いささか深入りしすぎたようにも思っています。おそらく、今のアイロナの体制《たいせい》が続く限《かぎ》りは、出国後、私が再《ふたた》び入国することは難《むずか》しくなるでしょう。

私は私なりに、また新たなフィールドでできることをしていこうと思います。グローバル化の進展《しんてん》で、どこもかしこも問題山積です。力なき者は周辺へと追いやられ、世界はますますいびつになるようですが、なんとか希望の縁《ふち》に、踏《ふ》みとどまる思いでいます。それを人びとと共有したい。できれば、あなたとも。
また、何年か先になるでしょうが、どこかでお目にかかれれば嬉《うれ》しいです。その時は、ぜひ、一緒《いっしょ》にお酒を飲みましょう。

住井美香《すみいみか》

「知る」ことは争いを防《ふせ》ぐ

丸井《まるい》　春《はる》

　二〇一六年三月二九日、日本で、安保《あんぽ》関連法が施行《しこう》された歴史的な日に、これを書いています。私《わたし》たちの国はきょうから、自分たちの国が攻撃《こうげき》されていなくても、他の国の戦争に、武《ぶ》力《りょく》を使って参加することができる国になりました。

　日本は戦後七〇年、直接的《ちょくせつてき》な戦争をどこの国ともしてきませんでした。世界の多くの国の教科書には、日本は戦争を放棄《ほうき》した国だと、紹介《しょうかい》されているでしょう。それはすごくかっこいいことだと思います。しかし、きょうからは違《ちが》います。私たちは、「戦争に参加できる国」という、これまでとは違う世界を生きることになります。だからきょうは、とても特別な日です。

＊

さて、『すべては平和のために』の主人公、平井和菜《ひらいかずな》さんは、私《わたし》たちがいま生きている時代より少し未来、二一世紀も半ばの世界に生きる高校生です。和菜さんのお父さんは、「平和創設企業《そうせつきぎょう》」の中でも世界トップレベルの会社PAの子会社の社長。だから、将来《しょうらい》は、その会社の調停員として世界の紛争《ふんそう》を解決《かいけつ》する道に進むのだと思っていた和菜さんでしたが、ある日突然《とつぜん》、南の海に浮《う》かぶ小さな島、アイロナ共和国の内紛《ないふん》を解決するための調停員に指名され、辺境《へんきょう》の地マナトに「視察《しさつ》」に向かうことになります。同行者は美香《みか》さんという女性《じょせい》。マナトに移《うつ》り住《す》んで長いという、日本人のフリーフォトジャーナリストです。

さてこの美香さん、和菜さんに、私たちに大切なメッセージをいくつも投げかけます。例えば、和菜さんはマナトで、圧倒的《あっとうてき》力のあるアイロナ政府側《せいふがわ》の爆撃《ばくげき》によって集落全体が瓦礫《がれき》と化した人々の家や営《いとな》みの跡《あと》を目撃《もくげき》します。政府側は、この集落が「テロリスト」モロフのアジトだと主張《しゅちょう》し、爆撃をしかけたと主張しました。でも美香さんは言います。「アイロナは犠牲《ぎせい》を隠《かく》そうとします。だから世界はここの事態《じたい》を、ただの小さい国の内紛だと思っている」と。美香さんは「加害者は被害《ひがい》を隠す」ということを、それによって世界から被害者が置き去りにされるんだということを和菜さんに伝えたかったのだと思いました。

実は私は、日本で唯一《ゆいいつ》のフォトジャーナリズムの月刊雑誌《げっかんざっし》「DAYS JAPAN」の編集長《へんしゅうちょう》をしています。私たちの編集部《へんしゅうぶ》には、毎日、世界中のジャーナリストが世界中で写《うつ》した命の現《げん》場《ば》が、どんどん送られてきます。フォトジャーナリストの仕事とは何か。私《わたし》は、「人間や自然や動物たちの命の尊厳《そんげん》が奪《うば》われていることを、告発すること」またはその逆《ぎゃく》で、「命のきらめきを伝えること」だと思っています。そして、その戦争がなぜ起きているのか。その本当の加害者は誰《だれ》で、被害者《ひがいしゃ》は誰か、それを見極《みきわ》めて、徹底的《てっていてき》に被害者の側に立つ人、つまり、命の側に立つ人、それがフォトジャーナリストだと思っています。命の現場を命の側で伝えてくれる人がいなければ、私たちはそこで本当には何が起こっているのかを知ることができません。

こういうことがありました。今から一〇年以上前の二〇〇三年三月二〇日、アメリカは「イラクが大量破壊《はかい》兵器を所有している」「これはテロリストとの戦いだ」といって、イラクへの爆撃《ばくげき》を開始しました。日本はこの爆撃を「正しいこと」として支援《しえん》しました。戦火の大地では、罪《つみ》のない多くの一般《いっぱん》の人々が、戦闘《せんとう》に巻《ま》き込《こ》まれて殺されていました。しかし、アメリカのメディアでは「この戦争は間違《まちが》っている」という人々の声が高まるのを封《ふう》じ込《こ》めるために、被害者たちの写真は、人々の目に入らぬよう、慎重《しんちょう》に排除《はいじょ》されました。

あの時、本当の被害者たちの姿《すがた》を撮影《さつえい》し、「この戦争はおかしい」「ここでこんなことが起こっている」「犠牲者《ぎせいしゃ》は一般の罪のない人々だ」と必死で伝えようとしていたフォトジャーナリストたちの写真が私たちにもう少し多く伝えられていたら、つまり、私たちの「知る権利《けんり》」がもう少し守られていたら、私《わたし》たちはみんなで声をあげて、今と違《ちが》った未来を作っていたかもしれません。大げさかもしれませんが、私は今でもそう思っています。

「DAYS JAPAN」は、イラク戦争時のそんな悔《くや》しさから、開戦翌年《よくねん》に誕生《たんじょう》しました。「戦争や人権侵害《じんけんしんがい》に反対する」という、ジャーナリズムの役割《やくわり》を守り、メディアを自分たちの手に取り戻《もど》そうと決めたからです。創刊号《そうかんごう》の写真には、米軍の爆撃《ばくげき》で負傷《ふしょう》し、血まみれになった少女の写真を使いました。それを、私たちは見る「義務《ぎむ》」があると思ったからです。

美香《みか》さんは和菜《かずな》さんを、爆撃の犠牲《ぎせい》にあった人たちにも会わせます。和菜さん自身、それまで、平和を守るため、テロリストを倒《たお》すためには武力《ぶりょく》を使うことも必要だと思っていました。そういう考えが浸透《しんとう》している時代です。しかし、誰《だれ》もモロフなど知らないと言います。テロリストは本当にいるの？　和菜さんの胸《むね》に、少しずつ疑問《ぎもん》がわいてきます。

国が、政府《せいふ》が「テロとの戦い」という言葉を使うとき、それは警戒《けいかい》しなければなりません。どうしてか。ひとつは、「テロリスト」へ向けた空爆《くうばく》が多くの場合に市民を巻《ま》き込《こ》み、「テロとの戦争」という「テロ戦争」を生むからです。そこに何が生まれるか。人々の憎悪《ぞうお》です。憎悪は何を生むか。攻撃《こうげき》です。もうひとつ、「テロリスト」とは誰でしょうか。「テロリスト」はなぜ「テロリスト」になったのでしょうか。それを考えることなしに、武力《ぶりょく》でただ攻撃《こうげき》をしようとすれば、ここで生まれるのもまた、人々の憎悪《ぞうお》です。少し国際《こくさい》問題に興味《きょうみ》がある人なら、はっとするかもしれませんね。

世界はいま、IS《アイエス》（「通称《つうしょう》イスラム国」、別名ISIL《アイシル》）が台頭し、言葉に尽《つ》くしがたいような暴力《ぼうりょく》を繰《く》り返しながら勢力《せいりょく》を拡大《かくだい》し、アメリカやフランスやイギリスをはじめとする有志国連合がIS撲滅《ぼくめつ》のために「ISの拠点《きょてん》」を空爆《くうばく》しています。でも私《わたし》たちの雑誌《ざっし》では毎号伝えています。それで本当に犠牲《ぎせい》になっているのは誰《だれ》かということをです。ISに、または「テロリスト」に対峙《たいじ》してはいけないと言っているのではまったくありません。ただ、私たちの世界は人類を滅亡《めつぼう》させることができるほどの軍事力を持つまでになり、国同士の戦争ではない、ある勢力間の衝突《しょうとつ》に、他国が武力で介入《かいにゅう》する時代になっています。私たちはそろそろ、この「武力」の時代を止めなければならないのではないでしょうか？

警戒《けいかい》しなければならないのは「テロとの戦い」だけではありません。「国民の平和を守るため」という言葉も同じです。集団的自衛権《しゅうだんてきじえいけん》を容認《ようにん》させるため、政府《せいふ》はこの言葉を何度も使いました。これから先、アメリカの戦争を支援《しえん》するようになった時にも、私たちはこう伝えられるかもしれません。だから私たちは、これから「平和」という言葉が、戦争に参加するための、または大きな権力《けんりょく》や企業《きぎょう》が好き放題をするための「魔法《まほう》の言葉」として使われていないか、それをきちんと監視《かんし》しなければなりません。

もうひとつ。アイロナの場合、マナトにプランテーションを作れば、雇用《こよう》が増《ふ》えるからいいじゃないかと主張《しゅちょう》していました。政府《せいふ》や大企業《だいきぎょう》が思う「守りたい大切なもの」と、その土地で暮《く》らしている人たちの「守りたい大切なもの」は、必ずしも一致《いっち》するわけでないのは当然です。それを、権力やお金を振《ふ》りかざして強いほうが弱い方から奪《うば》おうとすれば、それは、まったく幸せな行為《こうい》ではありません。和菜《かずな》さんはマナトの人々にとって本当に大切なものは何かに少しずつ気づいていきます。私《わたし》たちも、ものごとを、経済《けいざい》のものさしだけで見るのでなく、命のものさしでも見る感覚を、養わなければならないと思います。経済の発展《はってん》のために、たとえひとりでもその人の大事なもの、土地や健康を奪うことは許《ゆる》されること？　仕方ない？　どうして？　と立ち止まって考えるということです。

調停はうまくいったのか。政府はまた、次の策《さく》を考えてきました。でも和菜さんはめげず、フォトジャーナリストをしのぐようなことをやり遂《と》げますね。将来的《しょうらいてき》に、マナトの人々の命を守るかもしれない大きなうねりを作り出します。つまり、マナトのことを広め、マナトがいま置かれている危機《きき》、そしてマナトの美しさを伝えることで、世界中の世論《よろん》を動かそうとしています。一国の政府には、たったひとりでは到底《とうてい》あらがえません。でも、世界を味方にすればできるかもしれない、と。

私《わたし》は、フォトジャーナリストには、「争いを未然に防《ふせ》ぐ」役割《やくわり》もあると思っています。実はこれは私の上司、「DAYS JAPAN」の生みの親で、パレスチナ問題やイラク、アフガンの被《ひ》害者《がいしゃ》たちを何度も取材しているフォトジャーナリストの広河隆一《ひろかわりゅういち》からの受け売りです。広河は、被害が隠《かく》されているような場所に世界のジャーナリストが入ることによって、加害者は、少なくともその時には手出しができなくなると言います。実際《じっさい》、彼《かれ》自身、そういう場に何度もでくわしたそうです。

私は今回、和菜《かずな》さんに、たとえフォトジャーナリストではなくても、私たちは「知る」こと、それを「伝える」ことによって、「争いを防ぐ」こともできるのではないかな、ということを教えられました。

最後に、私は長い間、「やさしいことが一番強い」と真剣《しんけん》に思って生きてきました。もちろん、やさしいだけでは戦争はなくなりません。では何が必要か。やっぱり、知識《ちしき》を持つこと、何が本当に起こっているのかを自分で知ろうとし、そして想像力《そうぞうりょく》を持つことだと思っています。そのためにも、私たちは、私たちの国が、他国に対してしようとしていることについて、隠《かく》されることを許《ゆる》してはいけないと思うのです。
これからの時代を生きていく多くの若《わか》い人たちに読んでほしい一冊《さつ》です。
（「DAYS JAPAN」編集長《へんしゅうちょう》）

二〇〇三年の秋、日本政府が自衛隊のイラク派遣を決めた直後に、日本児童文学者協会は、「新しい戦争児童文学」委員会を発足させました。委員会では、作品の募集や合評研究会などを重ね、それらは短編アンソロジー〈おはなしのピースウォーク〉全六巻（二〇〇六〜二〇〇八）として結実しました。その後、「新しい〈長編〉戦争児童文学」の募集を開始し、やはり合評を重ねこのたび完成したのが長編作品による〈文学のピースウォーク〉（全六巻）です。

委員会の中心であった古田足日氏（二〇一四年逝去）は〈おはなしのピースウォーク〉所収の「はじめの発言」で次のように書いています。

――この本がきみたちの疑問を引き出し、疑問に答えるきっかけとなり、戦争のことを考える材料となれば、実にうれしい。

再び、この思いをこめて、〈文学のピースウォーク〉を刊行します。

「新しい戦争児童文学委員会」
奥山恵　きどのりこ　木村研
西山利佳　はたちよしこ
濱野京子　みおちづる

濱野京子（はまの きょうこ）
熊本県に生まれ、東京に育つ。早稲田大学卒業。『フュージョン』（講談社）でJBBY賞、『トーキョー・クロスロード』（ポプラ社）で坪田譲治文学賞受賞。作品に『碧空の果てに』『白い月の丘で』（以上角川書店）、『木工少女』『レガッタ！（全3巻）』（以上講談社）、『ことづて屋』（ポプラ社）、『石を抱くエイリアン』（偕成社）、『アカシア書店営業中！』（あかね書房）、『くりぃむパン』（くもん出版）、『空はなに色』（そうえん社）など。翻訳に『はね』（曹文軒作／ホジェル・メロ絵・マイティブック）がある。日本児童文学者協会会員。

白井裕子（しらい ゆうこ）
カナダ生まれ。武蔵野美術大学工芸工業デザイン学科テキスタイル専攻卒業。作家として制作活動に励みつつ、イラストレーター、美術講師としても活動している。子どものための造形絵画教室主宰。

丸井　春（まるい はる）
茨城県水戸市出身。京都外国語大学卒業後、新聞社での勤務を経て2013年8月から月刊誌「DAYS JAPAN」編集部。翌年9月から編集長。

すべては平和《へいわ》のために——文学《ぶんがく》のピースウォーク

2016年5月20日　初　版

作　者　濱　野　京　子
画　家　白　井　裕　子
発行者　田　所　　　稔

郵便番号　151-0051　東京都渋谷区千駄ヶ谷4-25-6
発行所　株式会社　新日本出版社
電話　03（3423）8402（営業）
03（3423）9323（編集）
info@shinnihon-net.co.jp
www.shinnihon-net.co.jp
振替番号　00130-0-13681
印刷　光陽メディア　　製本　小高製本

落丁・乱丁がありましたらおとりかえいたします。

ISBN978-4-406-06029-5　C8393　Printed in Japan